Tucholsky   Wagner   Zola   Scott Sydow   Schlegel
    Turgenev   Wallace   Fonatne   Freud

        Twain   Walther von der Vogelweide   Fouqué   Friedrich II. von Preußen
                    Weber   Freiligrath   Frey

Fechner   Weiße Rose   von Fallersleben   Kant   Ernst   Frommel
    Fichte   Richthofen

        Engels   Fielding   Hölderlin
    Fehrs   Faber   Flaubert   Eichendorff   Tacitus   Dumas

                Maximilian I. von Habsburg Fock   Eliasberg   Ebner Eschenbach
    Feuerbach   Ewald   Eliot   Zweig
                                                        Vergil
        Goethe   Elisabeth von Österreich   London
Mendelssohn   Balzac   Shakespeare   Dostojewski   Ganghofer
    Trackl   Lichtenberg   Rathenau   Doyle   Gjellerup
            Stevenson   Hambruch
Mommsen   Thoma   Tolstoi   Lenz   Droste-Hülshoff
Dach   Verne   von Arnim   Hägele   Hauff   Humboldt
        Reuter   Rousseau   Hagen
    Karrillon   Garschin   Hauptmann   Gautier
        Damaschke   Defoe   Hebbel   Baudelaire
                    Descartes   Hegel   Kussmaul   Herder
Wolfram von Eschenbach   Schopenhauer
        Bronner   Darwin   Dickens   Rilke   George
                    Melville   Grimm Jerome   Bebel   Proust
    Campe   Horváth   Aristoteles
Bismarck   Vigny   Barlach   Voltaire   Federer   Herodot
            Gengenbach   Heine
    Storm   Casanova   Tersteegen   Gilm Grillparzer Georgy
        Chamberlain Lessing   Langbein   Gryphius
Brentano   Lafontaine
    Strachwitz   Claudius   Schiller   Kralik   Iffland Sokrates
        Katharina II. von Rußland   Bellamy   Schilling
                    Gerstäcker   Raabe   Gibbon   Tschechow
    Löns   Hesse   Hoffmann   Gogol   Wilde   Gleim   Vulpius
    Luther Heym   Hofmannsthal   Klee Hölty   Morgenstern
        Roth   Goedicke
    Luxemburg   Heyse Klopstock   Puschkin Homer   Kleist
            La Roche   Horaz   Mörike   Musil
    Machiavelli
Navarra Aurel   Musset   Kierkegaard   Kraft   Kraus
    Nestroy Marie de France   Lamprecht Kind Kirchhoff Hugo   Moltke
        Nietzsche   Nansen   Laotse   Ipsen   Liebknecht
            Marx   Ringelnatz
    von Ossietzky   Lassalle Gorki   Klett   Leibniz
            May   vom Stein Lawrence   Irving
    Petalozzi
        Platon   Pückler   Michelangelo   Knigge   Kafka
    Sachs   Poe   Liebermann   Kock
        de Sade Praetorius   Mistral   Zetkin   Korolenko

Der Verlag tredition aus Hamburg veröffentlicht in der Reihe **TREDITION CLASSICS** Werke aus mehr als zwei Jahrtausenden. Diese waren zu einem Großteil vergriffen oder nur noch antiquarisch erhältlich.

Symbolfigur für **TREDITION CLASSICS** ist Johannes Gutenberg (1400 — 1468), der Erfinder des Buchdrucks mit Metalllettern und der Druckerpresse.

Mit der Buchreihe **TREDITION CLASSICS** verfolgt tredition das Ziel, tausende Klassiker der Weltliteratur verschiedener Sprachen wieder als gedruckte Bücher aufzulegen – und das weltweit!

Die Buchreihe dient zur Bewahrung der Literatur und Förderung der Kultur. Sie trägt so dazu bei, dass viele tausend Werke nicht in Vergessenheit geraten.

Die Totenhochzeit

Nathaniel Hawthorne

Impressum

Autor: Nathaniel Hawthorne
Übersetzung: Franz Blei
Umschlagkonzept: toepferschumann, Berlin

Verlag: tredition GmbH, Hamburg
ISBN: 978-3-8495-3034-1
Printed in Germany

Ziel der TREDITION CLASSICS ist es, tausende deutsch- und fremdsprachige Klassiker wieder in Buchform verfügbar zu machen. Die Werke wurden eingescannt und digitalisiert. Dadurch können etwaige Fehler nicht komplett ausgeschlossen werden. Unsere Kooperationspartner und wir von tredition versuchen, die Werke bestmöglich zu bearbeiten. Sollten Sie trotzdem einen Fehler finden, bitten wir diesen zu entschuldigen. Die Rechtschreibung der Originalausgabe wurde unverändert übernommen. Daher können sich hinsichtlich der Schreibweise Widersprüche zu der heutigen Rechtschreibung ergeben.

Text der Originalausgabe

Nathanael Hawthorne

Die Totenhochzeit

(Vier Erzählungen:
Die Höhle der drei Hügel – Der große Karfunkel – Die Toten-
hochzeit – Peter Goldthwaite's Schatz)

Deutsch von Franz Blei

1.-6. Tausend.

SVVA
Südbayerische Verlagsanstalt, G.m.b.H.
München   Pullach

1922

Nathanael Hawthorne

Die Totenhochzeit

Deutsch von Franz Blei

1.—6. Tausend.

Südbayerische Verlagsanstalt, G. m. b. H.

München   Pullach

1922

Die Höhle der drei Hügel

In jenen Zeiten, wo Träume und Schwärmereien der Narren noch im Leben Wirklichkeit wurden, trafen sich einst zwei Personen zu verabredeter Stunde an vorher bestimmtem Ort. Die eine war eine Dame, lieblich von Gestalt, schön von Angesicht, doch blaß und wie von einem unzeitigen Mehltau befallen in der Blüte ihrer Jahre. Die andere war ein altes verlumptes Weib, häßlich und abgewelkt, das die Dauer solchen Verfalls die gewöhnliche Zeit menschlichen Lebens um vieles überschritten zu haben schien. Kein Sterblicher konnte sie an dem Ort ihres Begegnens sehen. Drei kleine Hügel lagen da dicht beieinander und eingebettet in ihren Steinmauern war etwas wie ein Loch in die Unterwelt, fast kreisrund und von solcher Tiefe, daß eine hohe Ceder, die auf dem Grunde dieser Höhle wuchs, kaum über ihren Rand ragte. Zwergfichten bestanden die Hügel und ihre Abhänge bis zum Rand des tiefen Loches, dessen Boden gelbes verbleichtes Herbstgras deckte; da und dort moderte ein gefallener Baumstumpf; und ein Pfuhl barg grünes schmutziges Wasser. An solchem Orte trafen sich, wie die Sage geht, um Mitternacht oder im Grauen des Abends der Böse und seine Getreuen und tauften die Neulinge mit dem stinkenden Wasser.

Die kühle Schönheit eines herbstlichen Sonnenunterganges vergoldete die Hügelspitzen, von denen ein bläßlicher Schein sich in die Höhle hinabstahl.

»Hier soll unsere heitere Zwiesprach sein,« sagte das alte Weib, »so wie du es wünschtest. Sag schnell, was du von mir willst, denn nur eine kurze Stunde dürfen wir hier verweilen.«

Auf dem Gesicht der Alten schimmerte ein Lächeln; so glänzt Lampenlicht auf der Wand eines Grabgewölbes. Die Dame zitterte; sie blickte die Wände der Höhle hinauf zum Lichte, als dächte sie wieder umzukehren, aber so war es nicht vom Schicksal bestimmt.

»Eine Fremde bin ich in diesem Lande. Gleich ists, woher ich komme. Aber ich habe Wesen hinter mir zurückgelassen, mit denen mein Geschick verbunden war und von denen ich jetzt für immer geschieden bin. Es liegt Last auf mir, die ich nicht länger tragen kann, und ich bin gekommen zu hören, wie es jenen geht.«

»Wer kann dir hier Nachricht von der andern Seite bringen?« Die Alte schrie das und starrte der Dame ins Gesicht. »Nicht von meinen Lippen. Aber hast du Mut, so soll das Licht nicht von der Hügelspitze weichen, ehe dein Wunsch erfüllt ist.«

»Ich will tun, was Ihr verlangt. Auch wenns mein Tod ist.«

Die Alte setzte sich auf einen Baumstumpf, warf ihre Haube ab, daß ihr die grauen Strähnen ums Gesicht fielen.

»Knie da nieder,« sagte sie, »leg deine Stirn auf meine Kniee.«

Einen Augenblick zauderte sie. Aber die Angst, lange in ihr brennend, schoß nun in wilden Flammen auf. Als sie niederkniete, sank der Rand ihres Gewandes in den Pfuhl. Sie legte die Stirn dem Weib auf die Kniee; die breitete einen Mantel über ihr Gesicht, daß sie ganz im Dunkeln war. Nun hörte die Dame die Worte eines Gebetes murmeln, worüber sie so erschrak, daß sie aufspringen wollte.

»Laß mich fort, laß mich, damit Jene mich nicht sehen!« schrie sie. Aber die Alte legte leise die Hände auf ihr mit dem Tuch verhülltes Haupt und sie wurde still wie ein Totes.

Denn es schien ihr, als mischten sich nun andere, aus früher Kindheit vertraute Stimmen, nie vergessen durch alles Wandern und alle Wechsel ihres Herzens und ihres Glückes, mit den Lauten des Gebetes. Anfangs waren die Worte ganz schwach noch und undeutlich, nicht durch die Entfernung der also Redenden, sondern mehr den Seiten eines Buches ähnlich, das wir bei trübem und mählich heller werdenden Licht zu lesen bemüht sind. Wie das Gebet weiterging, wurden diese Stimmen dem Ohre deutlicher, bis endlich der Spruch der Alten endete und das Zwiegespräch eines alten Mannes und einer Frau, hochbejahrt und kummerschwer gleich ihm, der Knieenden deutlich wurde. Aber diese Zweie schienen nicht in der Höhle zwischen den drei Hügeln zu stehen; ihre Stimmen waren von den Wänden eines Zimmers umschlossen, dessen Fenster der Wind klappernd bewegte, der regelmäßige Pendelschlag einer Uhr und das Knistern des Kaminfeuers machten den Raum so lebendig, als schaute ihn das lebendige Auge. Die zwei alten Leute saßen an einem trübseligen Herde, der Mann in gefaßter Betrübnis, die Frau jammernd und weinend und beider Worte waren schwer von Kummer beladen. Sie sprachen von einer Tochter, die umherirrte, sie wußten nicht wo, die Unehre mit sich trug und Schande und Trauer zurückgelassen hatte. Auch von andern und neueren Leiden sprachen sie, aber mitten in dem Gespräche schienen ihre Stimmen wieder im Winde zu vergehen, der durch den Herbstwald strich. Als die Dame die Augen aufhob, kniete sie in der Höhle zwischen den drei Hügeln.

»Eine recht langweilige und einsame Zeit haben die alten Leute,« sagte das Weib und lächelte der Dame ins Gesicht.

»Habt Ihr sie denn auch gehört?«

»Ja, und es gibt noch mehr zu hören.« Und sie legte wieder das Tuch über den Kopf der Dame und sprach von neuem Worte eines Gebetes, das nicht für den Himmel bestimmt war. Und alsbald wurden in den Pausen ihres Atemholens flüsternde Laute hörbar, die allmählich stärker wurden, so daß sie die Beschwörungsformel, der sie entsprangen, übertönten und unhörbar machten. Schreie zerrissen die Dunkelheit des Klanges und ihnen folgte der Gesang sanfter weiblicher Stimmen, die wieder schwiegen vor einem wilden brüllenden Gelächter, das auf einmal von heftigem Stöhnen und Seufzen unterbrochen wurde: all das rief eine gespenstige Wirrnis von Schrecken, Trauer und Fröhlichkeit hervor. Ketten rasselten, wilde drohende Stimmen brachen sich in Verließen. Befehl gellte und eine Geißel klatschte regelmäßig. Lauter und bestimmter wurden alle diese Klänge im Ohr der Hörerin unter dem Tuche, bis sie nun jeden einzelnen Ton eines Liebesliedes vernehmen konnte, das langsam in ein Leichenlied erstarb. Sie schauderte vor der plötzlichen Wut, die wie eine Flamme in die Höh fuhr, und wurde ohnmächtig von der grauenvollen Ausgelassenheit, die um sie her raste. Es war ein Kreischen in Lüsten und Aufstöhnen im trunkenen Wettlauf der Sinne, inmitten dessen die feierliche Stimme eines Mannes tönte, es mochte einst eine melodische Stimme gewesen sein, die da feierlich redete und der Sprechende schritt dabei auf und ab und seine Schritte hörte man auf dem Boden hallen. In jedem der tollen, wilden Gesellschaft, deren eigne wollüstige Gedanken ihre ausschließliche Welt geworden waren, glaubte er einen Zuhörer für sein eigenes Leiden zu finden, und deutete deren Lachen und Schreien, Aufweinen und Stöhnen als die ihn lohnenden Äußerungen der Erbitterung und des Mitleids. Er sprach von der

Untreue eines Weibes, von einem Weibe, das seine Schwüre gebrochen und ein Herz und ein Haus verödet hatte. Und sein Sprechen begleitete Gelächter und Brüllen, Schreien und Stöhnen, und das Getöse wurde immer schwächer, bis es sich in den stoßweisen und unebnen Lauten des Windes verlor, der um die Fichten auf den drei Hügeln kämpfte. Die Dame blickte auf, und da saß das eingeschrumpfte Weib und lächelte sie an.

»Hättest du gedacht, daß es in einem Tollhause so munter hergeht?«

»Wahr, wahr,« sagte die Dame zu sich selber, »innerhalb seiner Mauern ist Lust und Lachen, aber außen ist nichts als Elend und Jammer.«

»Willst du noch mehr hören?« fragte die Alte.

»Es gibt noch eine Stimme, die ich um alles hören möchte,« sagte die Dame ganz leise.

»Leg schnell den Kopf auf meine Kniee, damit du wieder fort kannst von hier, ehe die Zeit um ist.«

Die goldnen Streifen des Tages zögerten noch auf den Hügelspitzen, aber tiefe Schatten hüllten Höhle und Pfuhl in Dunkel, als wenn, so war es, die Nacht von dorther aufstiege, um sich über die Erde zu breiten. Und wieder begann das Weib ihr höllisches Gebet. Lange blieb es ohne Antwort, bis das Läuten einer Glocke sich durch die Pausen ihrer Worte stahl, wie ein ferner Klang, der von weit her über Berg und Tal gekommen eben in der Luft verhallen wollte. Die Dame erbebte, als sie auf den Knieen ihrer düstern Gefährtin den bedeutungsvollen Ton vernahm. Der wurde nun stärker und trauervoller und nun warens die tiefen Klänge einer Totenglocke, die schmerzvoll von irgend einem Turme scholl, Sterblichkeit und Weh der Hütte, der Halle, dem einsamen Wanderer verkündete, daß alle das Schicksal beweinen möchten, das jeden trifft der Reihe nach. Nun wurde ein gemessner Tritt hörbar, kam näher und war wie der langsame Schritt, ach, der so langsame Schritt von Trauernden hinter einem Sarge, deren Gewänder auf der Erde nachschleppten, sodaß das Ohr die Länge ihres melancholischen Zuges messen konnte. Vor ihnen schritt ein Priester, las die Sterbegebete und die Blätter seines Buches raschelten im Winde. Keine

Stimme als die seinige war laut, und doch konnte man deutlich im Flüstern von Weibern und Männern Flüche und Schmähungen vernehmen, ausgerufen gegen die Tochter, die das Herz alter Eltern gebrochen, Flüche gegen die Gattin, welche die vertrauende Liebe des Gatten betrogen, Flüche gegen die Mutter, die gegen ihr Gefühl gesündigt und ihr Kind verlassen hatte, das nun gestorben war. Der schleppende schlürfende Ton und Tritt des Leichenzuges verschwand wie dünner Nebel sich verzieht, und der Wind, der eben noch das Bahrtuch bewegt hatte, schüttelte die Fichtenwipfel auf den drei Hügeln. Da stieß die Alte die knieende Dame, aber diese hob ihren Kopf nicht wieder.

»Es war eine recht hübsche Unterhaltung,« sagte das verschrumpfte Weib und lachte ein dürres, hölzernes Lachen.

Es war vollends Nacht geworden.

Der große Karfunkel

Es ist lange her, als sich eines Tages beim Einbruch der Nacht eine Gesellschaft Abenteurer nach mühseligem und vergeblichem Suchen nach dem großen Karfunkel an dem schroffen Absturz der Kristallberge sammelte, um zu rasten. Nicht als Freunde oder als Teilnehmer in der Unternehmung waren sie dort zusammengekommen, sondern ein jeder von ihnen, ein junges Paar ausgenommen, war einzeln ausgezogen, getrieben von seinem Verlangen nach dem kostbaren Juwel. Ihr geselliges Gefühl war aber hinreichend, sie zu gegenseitiger Hilfe zu veranlassen, eine rohe Hütte aus Baumrinde zu errichten und ein Feuer aus zersplitterten Fichten anzuzünden, die der reißende Amonusuck mit sich führte, an dessen Ufer sie die Nacht verbringen wollten.

Es war vielleicht nur einer unter ihnen, der durch den mächtigen Zauber des vorgesteckten Zieles allen menschlichen Gefühlen so entfremdet worden war, daß er selbst in dieser fernen einsamen Gegend, zu der sie gestiegen waren, keine Freude beim Anblick menschlicher Gesichter zu empfinden schien. Eine weite Wildnis lag zwischen ihnen und der nächsten Siedlung, während kaum eine Meile oberhalb ihrer Häupter jene schwarze Grenze war, wo die Berge ihren bunten laubigen Mantel abwerfen und nackt oder nebelverhüllt gegen den Himmel ragen. Das wilde Tosen des Amonusuck machte die schaurige Musik dieser Öde.

Die Abenteurer gaben sich gastfreundliche Grüße und luden sich gegenseitig in die Hütte ein, wo jeder der Wirt und alle die Gäste der ganzen Gesellschaft waren. Jeder breitete, was er an Lebensmitteln besaß, auf ebene Felsen aus, gemeinschaftlich wurde gegessen und am Ende des Mahles gab sich ein Gefühl guter Kameradschaft zu erkennen, wenn auch schüchtern und verdrängt von dem Gedanken, daß sie am andern Morgen erneutes Nachforschen nach dem großen Karfunkel sich einander wieder fremd machen müßte. Sieben junge Männer und ein junges Weib lagen sich wärmend am Feuer, starrten sich an im flackernden Licht, unsicher einander und fremd, und nur von Nacht, Rast und Wärme zueinander in Freundlichkeit gebunden.

Der älteste, ein großer magerer Mensch mit verwittertem Gesicht, mochte ungefähr sechzig Jahre alt sein, und war in Felle wilder Tiere gekleidet, deren Tracht er nicht mit Unrecht nachahmte, da Hirsch, Wolf und Bär schon seit langer Zeit seine vertrautesten Gefährten waren. Er war einer jener Unglücklichen, die, wie die Indianer erzählen, von früher Jugend ab ihr Leben im Suchen des großen Karfunkel verbrachten, und man kannte ihn in diesen Gegenden nur unter dem Namen des Suchers. Im Tale des Saco war über ihn seit langem die Fabel verbreitet, er sei wegen seiner unmäßigen Begierde nach dem Steine verdammt worden, bis ans Ende der Zeiten in den Bergen zu wandern.

Neben dem Sucher saß eine kleine ältliche Person. Unter dem Namen eines Doktor Cacaphodel kam er von jenseits der See her und war durch sein Brüten vor Schmelzöfen und das Einatmen giftiger Dünste seiner Goldmacherküche zu einer Mumie eingetrocknet. Von ihm wurde erzählt, ob wahr oder nicht, daß er im Anfange seiner Studien das beste und kräftigste Blut aus seinem Körper gezogen und es in einem unglücklichen Versuche mit noch andern unschätzbaren Ingredienzen verschwendet habe und seitdem nie wieder gesund geworden sei.

Der dritte dieser Abenteurer war Ichabod Pigsnort, ein gewichtiger Kaufmann und Stadtverordneter aus Boston und zudem Kirchenältester der berühmten Northonskirche. Seine Feinde erzählten von ihm die lächerliche Geschichte, daß er gewohnt sei, sich abends und morgens nach dem Gebete eine volle Stunde lang auf einer ungeheuren Menge von Fichten-Schillingen, dem ältesten gemünzten Silber von Massachusetts, nackt herumzuwälzen.

Der vierte hatte keinen seinen Gefährten bekannten Namen und zeichnete sich insonders durch ein ständiges höhnisches Lächeln aus, das sein Gesicht, welches ganz mager war, verzerrte, und durch eine ungeheure Brille, von der man sagte, daß sie der Wahrnehmung ihres Trägers die ganze Außenseite der Natur verstellte.

Auch der fünfte Abenteurer hatte keinen Namen, was um so mehr zu bedauern, als er ein Dichter zu sein schien. Es war ein sehr abgezehrter Mann mit funkelnden Augen, der seine Nahrung, wie man sagte, aus Dunst, Nebel und einer dicken Wolkenscheibe bestritt, die er im Mondschein tränke. Sicher schmeckte seine Poesie stark nach diesen Leckerbissen.

Der sechste der Gesellschaft, ein junger Mann mit sehr stolzer Miene, saß abgesondert von den Übrigen. Dieser war der Lord de Vere, von dem es hieß, daß er zuhause den größten Teil seiner Zeit im Grabgewölbe seiner Ahnen zubringe und dort die modrigen Särge nach allen unter Staub und Knochen verborgenen irdischen Stolze und Hochmut durchwühle, so daß er zu seinem eigenen Stolze auch den aus der ganzen vorelterlichen Linie in sich aufgesammelt habe.

Endlich befand sich unter der Gesellschaft auch ein hübscher Jüngling in bäuerischer Tracht, und an seiner Seite ein blühendes kleines Wesen, in welchem ein leichter Schatten mädchenhafter Scheu sich gerade mit der liebenden Glut eines jungen Weibes verschmolz. Ihr Name war Hanna und der ihres Mannes Matthäus; schlichte Namen, jedoch für das einfache Paar wohl passend, welches in dieser wunderlichen Gesellschaft, deren Begierden durch den großen Karfunkel angeregt worden waren, schlecht an seinem Platze zu sein schien.

Unter dem Schutze einer gemeinsamen Hütte und im hellen Scheine eines gemeinsamen Feuers saßen diese so verschiedenartigen Abenteurer, alle von einem einzigen Gegenstande so in Anspruch genommen, daß, wovon sie auch immer zu sprechen anfangen mochten, ihre Schlußworte sicherlich von dem großen Karfunkel erleuchtet wurden. Einige unter ihnen erzählten die Umstände, die sie bis hierher geführt hatten. Der Eine hatte in seiner eigenen fernen Heimat die Erzählung eines Reisenden von diesem merkwürdigen Steine gehört, und war augenblicklich von einem solchen Durste, seiner ansichtig zu werden, ergriffen worden, daß dieser nur von dem durchdringenden Glanze des Juwels gestillt werden konnte. Ein Anderer hatte vor langer Zeit, als der berühmte Kapitän Smith diese Küste besuchte, den Glanz in weiter Ferne auf der See wahrgenommen und seitdem nicht eher wieder Ruhe empfunden, als bis er jetzt die Nachforschung begonnen hatte. Ein Dritter war, während er sich volle vierzig Meilen südlich von den weißen Bergen in einem nächtlichen Lager auf der Jagd befunden, um Mitternacht erwacht und hatte den großen Karfunkel gleich einem Meteore glänzen sehen, so daß die Schatten der Bäume von seinem Lichte zusammen fielen. Sie sprachen von den zahllosen Versuchen, die gemacht worden waren, um den Ort zu erreichen und von dem wunderbaren Mißgeschick, welches bis jetzt die Anstrengungen aller Abenteurer vereitelt hatte, obgleich es so leicht schien, ein Licht, dessen Glanz den Mond verdunkelte und beinahe dem der Sonne glich, bis an seine Quelle zu verfolgen. Es war bemerkbar, daß Jeder über die Torheit der Andern verächtlich lächelte und mehr Glück als er bisher gehabt von der Zukunft erwartend die kaum verhehlte Überzeugung hegte, daß er selbst der begünstigte Finder sein werde. Wie um ihre zu sanguinischen Hoffnungen etwas zu mäßigen, kamen sie auf die indianischen Traditionen zurück, daß ein Geist vor dem Juwele Wache halte und die Suchenden dadurch verwirre, daß er entweder jenes von einer Bergspitze zur andern fortbewege, oder einen Nebel des bezauberten Sees zu Hilfe rufe, über dem es hänge. Allein diese Erzählungen wurden für unglaubwürdig gehalten, indem alle ihre Ansicht dahin ausdrückten, daß die Nachforschungen nur aus Mangel an Klugheit und Ausdauer seitens der Abenteurer oder durch solche Umstände vereitelt worden seien, die sich in der Wirrnis von Wald, Berg und Tal sehr natürlich auf jedem Wege hindernd entgegenstellen mußten.

Während einer Pause in der Unterhaltung schaute sich der Träger der ungeheuern Brille rundum in der Gesellschaft und machte der Reihe nach eine jede Person darin zum Gegenstande des höhnischen Lächelns, das unveränderlich auf seinem Gesichte lag.

»So,« sagte er, »Genossen auf dieser Pilgerfahrt, hier sind wir sieben weise Männer und ein schönes Weibsbild, das ohne Zweifel ebenso weise ist, wie alle Graubärte in der Gesellschaft; hier sind wir, sage ich, alle in derselben glücklichen Unternehmung begriffen. Ich sollte meinen, es wäre jetzt nicht unrecht, wenn jeder von uns erklärte, was er mit dem großen Karfunkel zu tun beabsichtige, wenn er das Glück haben sollte, ihn zu erringen. Was sagt unser Freund im Bärenfell? Wie gedenkt Ihr, guter Herr, Euch des Preises zu erfreuen, den Ihr, der Himmel weiß wie lange, in den Kristall-Bergen gesucht habt?«

»Mich erfreuen?« rief der bejahrte Sucher mit bitterem Tone. »Ich rechne auf keinen Genuß davon, die Torheit hat längst aufgehört!

Ich setze die Suche nach diesem verfluchten Steine fort, weil der eitle Ehrgeiz meiner Jugend zum Schicksale meines Alters geworden ist. In der Suche allein finde ich meine Stärke, die Energie meiner Seele, die Wonne meines Blutes und das Mark meiner Knochen. Müßte ich ihr den Rücken wenden, so würde ich schon diesseits des Engpasses, wo die Pforte zu dieser Berggegend ist, tot niederfallen. Aber auch nicht um den Preis, mein verlorenes Leben zurück zu erhalten, würde ich meine Hoffnungen auf den großen Karfunkel aufgeben. Hab ich ihn gefunden, so will ich ihn nach einer Höhle tragen, die ich kenne, und ihn dort in meine Arme schließen und mich niederlegen und sterben und ihn für immer mit mir begraben halten.«

»Elender, der die heiligen Interessen der Wissenschaft verachtet!« rief Doktor Cacaphodel mit philosophischer Entrüstung. »Du bist nicht wert, selbst von fern den Glanz dieses kostbaren Juwels zu schauen, das je im Laboratorium der Natur bereitet wurde. Meine Absicht ist die einzige für die ein weiser Mann den Besitz des großen Karfunkels wünschen darf. Sobald ich ihn erlangt haben werde, denn ich habe ein Vorgefühl, gute Leute, daß der Preis mir vorbehalten ist, um meinen wissenschaftlichen Ruf zu krönen, kehre ich nach Europa zurück und will dann den Rest meiner Jahre dazu anwenden, ihn auf seine ersten Elemente zurück zu führen. Einen Teil des Steines werde ich zu allerfeinstem Pulver zermahlen; andere Teile sollen durch Säuren oder welche Auflösungsmittel es sonst für eine so bewunderungswürdige Komposition der Natur gibt, zerlegt werden, und den Überrest beabsichtige ich im Tiegel zu schmelzen oder mittelst des Lötrohrs abzubrennen. Auf diesen verschiedenen Wegen werde ich eine genaue Analysis erlangen und endlich das Resultat meiner Arbeiten in einem Werke der Welt zum Besten geben.«

»Vortrefflich!« bemerkte der mit der Brille. »Auch braucht Ihr, sehr geehrter Herr, an der notwendigen Zerstörung des Juwels keinen Anstoß zu nehmen, da das Studium Eures Werkes ohne Zweifel jedem Sohne seiner Mutter unter uns lehren wird, einen großen Karfunkel in eigener Fabrik zu bereiten.«

»Wahrlich,« sagte Ichabod Pigsnort, »ich für meinen Teil muß mich durchaus gegen derartige Verfälschungen erklären, weil der gangbare Preis des Juwels im Handel dadurch verringert werden würde. Ich gestehe offen, meine Freunde, ich habe ein Interesse dabei, den Preis aufrecht zu erhalten. Seht, ich habe meine bestehenden Handelsgeschäfte verlassen, meine Warenlager der Sorgfalt meiner Angestellten übergeben, meinen Kredit in große Gefahr gebracht und überdies mich selbst der Gefahr ausgesetzt umzukommen oder in die Gefangenschaft jener verfluchten Heiden zu geraten und dieses alles ohne gewagt zu haben, die Gebete der Gemeinde für mich zu erbitten, weil das Suchen nach dem großen Karfunkel für nicht viel besser als ein Verkehr mit dem Bösen gehalten wird. Glaubt Ihr nun also, daß ich meiner Seele, meinem Körper, meinem Rufe und meinem Vermögen diesen erheblichen Nachteil ohne eine vernünftige Aussicht auf Gewinn zugefügt haben würde?«

»Ich gewiß nicht, Master Pigsnort,« sagte der Mann mit der Brille. »Ich habe Euch nie eine solche Torheit zugetraut.«

»In der Tat, ich hoffe nicht,« sagte der Kaufmann. »Was nun den Karfunkel betrifft, so muß ich gestehen, daß ich bis jetzt noch nie einen Schimmer davon gehabt habe; aber wenn sein Glanz auch nur zum hundertsten Teil so groß ist, wie die Leute sagen, so muß er dennoch einen bei weitem größern Wert, als der beste Diamant des Großmoguls haben, den dieser zu einem unberechenbaren Preise hält. Deshalb bin ich willens, den großen Karfunkel auf ein Schiff zu laden und damit nach England, Frankreich, Spanien, Italien und nach den heidnischen Reichen zu reisen, wenn die Vorsehung mich so weit sollte gehen lassen, und mit einem Worte das Juwel dem besten Bieter unter den Potentaten der Erde zu überlassen, damit er es unter seinem Kronschmuck aufbewahre. Wenn einer von Euch einen bessern Platz hat, so mag er ihn hören lassen.«

»Den habe ich, Du schmutziger Mensch!« rief der Dichter. »Strebst Du denn nach nichts Höherem, als nach Geld, daß Du all diesen ätherischen Glanz in denselben Unrat verwandeln willst, in dem Du Dich bereits umher wälzest? Was mich betrifft, so werde ich das Juwel unter meinem Rocke verbergen, und damit nach meinem Dachstübchen in einem der dunklen Gäßchen Londons eilen. Dort will ich es Nacht und Tag anschauen, meine Seele voll seinem Glanze einsaugen und ihn durch alle meine geistigen Kräfte verbreiten, auf daß er helleuchtend aus jeder dichterischen Zeile hervorscheine, die ich niederschreibe. Auf diese Weise wird noch Jahrhunderte lang der Glanz des großen Karfunkels meinen Namen umstrahlen.«

»Wohl gesprochen, Dichter!« rief der mit der Brille. »Unter Deinem Rocke verborgen, sagst Du? Aber es wird durch die Löcher scheinen und Dich wie ein Irrlicht erscheinen lassen.«

»Nur zu denken,« rief Lord de Vere, mehr zu sich selbst als zu seinen Gefährten sprechend, von denen er auch den besten als seiner unwürdig erachtete, »nur zu denken, daß ein Kerl mit einem zerrissenen Rock davon schwatzt, den großen Karfunkel nach einer Dachstube in Grubstreet schleppen zu wollen! Bin ich nicht zu der Überzeugung gelangt, daß die ganze Erde keinen passenden Schmuck für die große Halle meines Ahnenschlosses besitzt? Dort soll er Jahrhunderte lang glänzen, Sonnenhelle um Mitternacht verbreiten und seine Strahlen auf die Rüstungen, Banner und Wappen werfen, die rings an den Wänden hängen und das Gedächtnis der Helden lebendig halten. Deshalb haben alle Abenteurer nach dem Preise vergeblich gesucht, nur damit ich ihn gewinnen und zum Symbole des Ruhmes unseres erhabenen Geschlechtes machen solle. Und nimmer nahm der große Karfunkel im Diademe der weißen Berge einen halb so ruhmvollen Platz ein, wie der in der Halle der de Vere für ihn aufbewahrt ist.«

»Es ist ein edler Gedanke,« sagte der Zyniker mit einem untertänigen Lächeln. »Aber wenn mir diese Äußerung erlaubt ist, so sollte ich denken, das Juwel würde eine vortreffliche Leichenlampe abgeben und den Ruhm von Ew. Herrlichkeit Vorfahren in dem Begräbnisgewölbe besser als in der Schloßhalle beleuchten.«

»Nein wahrlich,« sagte Matthäus, der junge Bauer, welcher Hand in Hand mit seiner Frau saß. »Der Herr hat sich einen recht passenden Nutzen des glänzenden Steines ausgedacht. Hanna und ich suchen ihn zu einem ähnlichen Zwecke.«

»Wieso, Kerl?« rief Se. Herrlichkeit voll Erstaunen. »Welche Schloßhalle besitzest du, um ihn darin aufzuhängen?«

»Kein Schloß,« entgegnete Matthäus, »aber eine so reinliche Hütte, wie nirgends eine im Umkreise der Kristallberge zu finden ist.

Ihr müßt wissen, daß Hanna und ich, nachdem wir vorige Woche ehelich verbunden worden sind, das Aufsuchen des großen Karfunkels deshalb unternommen haben, weil wir sein Licht in den langen Winterabenden nötig haben werden, und was werden die Nachbarn sagen, wenn sie ihn sehen! Er wird das ganze Haus so erleuchten, daß man eine Stecknadel in einer Ecke aufnehmen kann; und durch die Fensterscheiben wird er einen solchen Glanz werfen, als wenn ein großes Feuer von Kienäpfeln auf dem Herde brennen täte. Und dann, wie hübsch wird es sein, wenn wir in der Nacht aufwachen, und gegenseitig unsere Gesichter sehen können!«

Ein allgemeines Lächeln lief durch die Abenteurer über die Einfachheit der Pläne, welche das junge Paar mit jenem wunderbaren und unschätzbaren Stein hatte, mit dem der größte Monarch der Erde stolz gewesen sein würde, seinen Palast schmücken zu können. Besonders verzerrte der Mann mit der Brille, der der Reihe nach über alle in der Gesellschaft höhnisch gelacht hatte, jetzt sein Gesicht zu einem Ausdrucke von so boshafter Freude, daß Matthäus ihn etwas empfindlich fragte, was er selbst mit dem großen Karfunkel zu tun gedenke.

»Der große Karfunkel!« antwortete der Zyniker mit unaussprechlichem Hohne, »Du Dummkopf, solch ein Ding gibt es nicht in *rerum natura*. Ich bin dreitausend Meilen weit hierher gekommen und bin fest entschlossen, meinen Fuß auf jede Spitze dieser Berge zu setzen und meinen Kopf in jede Spalte derselben zu zwängen, nur um jeden Menschen, der um etwas weniger dumm ist als Du, den überzeugenden Beweis liefern zu können, daß der große Karfunkel nichts als Erdichtung ist.«

Eitel und töricht waren die Beweggründe, welche die meisten der Abenteurer nach den Kristallbergen geführt hatten, aber am meisten waren diese es und gottlos außerdem die des Spötters mit der ungeheuren Brille. Er war einer jener bösen Menschen, deren Bestrebungen abwärts und der Finsternis zu, statt himmelwärts zu gehen, und die, wenn sie nur das von Gott für uns angezündete Licht auslöschen könnten, das mitternächtliche Dunkel für ihre größte Glorie halten würden. Während der Zyniker sprach, wurden mehrere unter der Gesellschaft durch den Strahl eines roten Scheines aufgeschreckt, welcher die gewaltigen Massen der umgebenden Berge und das mit Felsstücken bestreute Bett des brausenden Stromes, sowie die Stämme und Zweige der Waldbäume mit einer ihrem Feuer unähnlichen Helle erkennen ließ. Sie warteten horchend auf das Rollen des Donners, aber hörten nichts und waren froh, daß ihnen das Ungewitter nicht näher kam. Die Sterne, jene Uhrziffern des Himmels, mahnten jetzt die Abenteurer, ihre Augen vor den glühenden Holzscheitern zu schließen und sie im Traume vor dem Glänze des großen Karfunkels wieder zu öffnen.

Das junge Ehepaar hatte seine Lagerstätte in der entferntesten Ecke der Hütte genommen und war von dem übrigen Teil der Gesellschaft durch einen Vorhang eigentümlich verflochtener Zweige geschieden, dem ähnlich, der vielleicht in üppigen Blumengewinden von der bräutlichen Kammer Evas gehangen hatte. Das züchtige kleine Weib hatte diese Tapete während des Gespräches der übrigen Gäste geflochten. Sie und ihr Gatte sanken mit zärtlich verschlungenen Händen in Schlaf, und erwachten durch Erscheinungen eines überirdischen Glanzes, nur um in das noch heiligere ihrer Augen gegenseitig zu schauen. Sie erwachten zugleich, während in ihren Zügen ein Lächeln strahlte, das mit ihrem zunehmenden Bewußtsein der Wirklichkeit ihres Lebens und ihrer Liebe immer leuchtender wurde. Allein sobald die junge Frau sich dessen erinnerte, wo sie waren, schaute sie durch die Lücken des Blättervorhangs und gewahrte, daß der äußere Raum der Hütte leer und verlassen war.

»Auf, lieber Matthäus!« rief sie mit eiligem Tone. »Die fremden Leute sind alle fort! Auf, schnell, schnell, oder wir verlieren den großen Karfunkel!«

In der Tat, so wenig verdiente dieses junge Paar den hohen Preis, der sie hierher gelockt hatte, daß sie die ganze Nacht ruhig und friedlich geschlafen hatten, bis die Spitzen der Berge im Sonnenschein glänzten, während die übrigen Abenteurer ihre Glieder in fieberhafter Wachsamkeit umhergewälzt oder vom Erklimmen steiler Felswände geträumt hatten und mit dem ersten Tagesgrauen ausgezogen waren, um ihre Träume zu verwirklichen. Aber Matthäus und Hanna waren nach ihrer sanften Ruhe leicht wie zwei junge Rehe und verweilten nur, um sich im kühlen Wasser des Amanusuck zu waschen und dann einen Bissen Nahrung zu sich zu nehmen, ehe sie ihre Gesichter der Bergseite zuwendeten. Es gewährte ein zartes Bild ehelicher Liebe, als sie den steilen Pfad mühsam emporklommen und Kraft aus gegenseitigem Beistand sammelten. Nach mehreren kleinen Unfällen, wie eines zerrissenen Kleides, eines verlorenen Schuhes, gelangten sie an den höhergelegenen Kamm des Waldes und hatten von nun an einen abenteuerlicheren Lauf zu verfolgen. Die zahllosen Zweige und das dichte Laub der Bäume hatten bisher ihre Gedanken und Aufmerksamkeit gefangen gehalten, die jetzt erschreckt vor dieser Region von Wind und Nebel und nackten Felsen zurückbebten, die sich zu unermeßlicher Höhe über ihnen erhoben. Sie schauten rückwärts auf die finstere Wildnis, die sie durchwandert hatten und sehnten sich darnach, lieber in ihren Tiefen wieder begraben zu werden, als sich in diese weite, endlose Wüste zu stürzen.

»Sollen wir weitergehen?« sagte Matthäus, seinen Arm um Hannas Leib schlingend, um sie sowohl zu schützen, als auch sein eigenes Herz durch ihr näheres Heranziehen zu beruhigen.

Allein die kleine junge Frau hatte, so einfach sie war, eine ganz weibliche Vorliebe für Juwelen und konnte sich, aller drohenden Gefahren ungeachtet, nicht von der Hoffnung losmachen, den glänzendsten Edelstein der Welt zu besitzen.

»Laß uns noch etwas höher klimmen,« flüsterte sie, obgleich zitternd, während sie ihr Gesicht der öden Himmelsdecke zuwendete.

»So komm!« sagte Matthäus, seinen männlichen Mut sammelnd und sie mit sich fortziehend; denn sie wurde in demselben Augenblicke wieder furchtsam, wo sein Mut wuchs.

Und weiter aufwärts stiegen die Pilgrime des großen Karfunkels, jetzt über die Spitzen und dicht verschlungenen Zweige von Zwergfichten schreitend, welche, obgleich Jahrhunderte alt und moosbewachsen, dennoch nur die Höhe von drei Fuß erreicht hatten.

Sodann kamen sie zu den Massen und Bruchstücken nackter Felsen, welche, gleich Denkmälern, die von Riesen zum Andenken ihrer Häuptlinge errichtet worden, in wilder Unordnung übereinander lagen. In diesem kalten Reiche der oberen Lüfte atmete nichts und wuchs nichts; kein anderes Leben war dort vorhanden, als was sich in ihren beiden Herzen eingeschlossen befand; und so hoch waren sie gestiegen, daß selbst die Natur ihnen nicht mehr Gesellschaft zu leisten schien. Sie weilte unter ihnen innerhalb der Grenze der grünen Waldbäume und sandte ihren Kindern einen Abschiedsblick nach, als diese sich dahin verloren, wo ihre eigenen grünen Fußtritte nie gewesen waren. Aber bald sollten sie ihrem Auge entschwinden. Dichte und schwarze Nebel begannen sich unter ihnen zu sammeln, dunkle Schattenflecke auf die weite Landschaft werfend, und alle schwerfällig nach demselben Mittelpunkte zusegelnd, als ob die höchste Bergspitze einen Rat ihrer verwandten Wolken berufen habe. Endlich schienen sich Dünste gleichsam zu einer Masse zu schmieden und boten das Bild eines gepflasterten Weges dar, über welchen die Wanderer hätten gehen können, aber wo sie vergeblich nach einer Straße gesucht haben würden, die sie zur gesegneten Erde zurückführte. Und die Liebenden sehnten sich jetzt mehr nach der grünen Erde zurück, als sie je unter einer Wolkendecke sich nach dem blauen Himmel gesehnt hatten. Es gewährte ihnen sogar einen Trost in ihrer Verlassenheit, wenn die den Berg allmählig hinaufziehenden Dünste seine Spitze verhüllten und auf diese Weise, wenigstens für sie, die ganze Region sichtbaren Raumes vernichteten. Aber sie schlossen sich mit einem zärtlichen und traurigen Blicke dichter aneinander an, aus Furcht, daß der allgemeine Nebel sie trennen und ihrem gegenseitigen Blicke entführen möchte.

Dennoch würden sie vielleicht entschlossen gewesen sein, so weit und so hoch zwischen Himmel und Erde zu steigen, als ihr Fuß auf festen Boden treten konnte, wenn Hannas Kräfte und mit ihnen ihr Mut nicht zu weichen angefangen hätte. Ihr Atem wurde kurz. Sie weigerte sich, ihren Mann mit ihrer Last zu beschweren, aber fiel oft wankend gegen seine Seite und sammelte ihre Kräfte wieder mit immer schwächer werdender Anstrengung. Endlich sank sie auf eine der felsigen Stufen des Berghanges nieder.

»Wir sind verloren, teurer Matthäus,« sagte sie traurig. »Wir werden nimmer unseren Weg auf die Erde zurückfinden. Ach, und wie glücklich hätten wir in unserer Hütte sein können!«

»Liebes Herz, wir werden dort auch jetzt noch glücklich sein,« sagte Matthäus. »Sieh, dort unterbricht der Sonnenschein den unglücklichen Nebel: mit seiner Hilfe werden wir den Weg nach dem

Engpaß finden können. Laß' uns umkehren und nicht mehr an den großen Karfunkel denken!«

»Das kann die Sonne dort nicht sein,« sagte Hanna mit großer Niedergeschlagenheit. »Es muß jetzt um Mittag sein. Wenn der Sonnenschein hierher gelangen könnte, so müßte er oberhalb unserer Köpfe herabkommen.«

»Aber sieh doch!« wiederholte Matthäus mit etwas verändertem Tone. »Es wird jeden Augenblick immer heller. Wenn es nicht Sonnenschein ist, was kann es dann sein?« Auch die junge Frau konnte nicht länger in Abrede stellen, daß ein Glanz durch den Nebel breche und seine dämmerige Farbe in ein trübes Rot verwandle, welches immer lebhafter wurde, als wenn glänzende Stäubchen sich in seine Düsterkeit mischten. Jetzt begannen auch die Nebel sich vom Berge langsam wegzuwälzen, während ein Gegenstand nach dem andern ganz mit der Wirkung einer neuen Schöpfung aus dem undurchdringlichsten Dunkel in das Licht trat, ehe noch die Verworrenheit des alten Chaos gänzlich verschwunden war. Sie gewahrten jetzt den Schein von Wasser dicht vor ihren Füßen und befanden sich am Ufer eines tiefen, klaren, hellen und ruhigschönen Bergsee's, welcher seinen Spiegel über ein Bassin ausspannte, das aus dem massiven Felsen gehöhlt worden war. Ein Strahl von Glorie schoß über seine Fläche hin. Die Pilger schauten um sich, woher dieser geflossen sei, aber schlossen augenblicklich die Augen wieder mit einem Zucken schauernder Bewunderung, um den glühenden Strahlenglanz abzuhalten, der von der Höhe einer Klippe herabfloß, welche über dem bezauberten See hing. Denn das schlichte Paar hatte jenen geheimnisvollen See erreicht und den langgesuchten Schein des großen Karfunkels gefunden.

Sie schlangen ihre Arme umeinander und zitterten vor ihrem eigenen Glück; denn alle Sagen dieses sonderbaren Juwels drängten sich in ihr Gedächtnis zurück, sie erkannten in sich Auserwählte des Schicksals und das Bewußtsein davor war schrecklich für sie. Oft, von ihrer Kindheit an, hatten sie das Juwel wie einen fernen Stern scheinen sehen; und jetzt warf dieser Stern seinen durchdringendsten Glanz auf ihre Herzen. Sie kamen sich gegenseitig verändert vor in dem rötlichen Glanze, der auf ihren Wangen glühte und der denselben Feuerschein auf den See, die Felsen, den Himmel und die vor seiner Macht zurückweichenden Nebel warf. Aber mit ihrem nächsten Blicke gewahrten sie einen Gegenstand, der ihre Aufmerksamkeit selbst von dem mächtigen Steine abzog. Am Fuße der Klippe, dicht unter dem großen Karfunkel zeigte sich die Gestalt eines Mannes, dessen Arme in der Beschäftigung des Emporklimmens ausgestreckt und dessen Gesicht nach oben gerichtet war, als wolle er den vollen Strom des Glanzes einsaugen. Aber er bewegte sich nicht, und es schien, als wäre er in Marmor verwandelt.

»Es ist der Sucher,« flüsterte Hanna, krampfhaft den Arm ihres Mannes fassend. »Matthäus, er ist tot!«

»Die Freude des Erfolges hat ihn getötet,« entgegnete Matthäus, heftig zitternd. »Oder vielleicht war gerade das Licht des großen Karfunkels sein Tod!«

»Des großen Karfunkels,« rief eine boshafte Stimme hinter ihnen, »des großen Unsinns! Wenn Ihr ihn gefunden habt, bitte, seid so gut, mir ihn auch zu zeigen.«

Sie wandten sich um, und da stand der Zyniker, seine ungeheure Brille auf die Nase gesetzt, ringsum nach dem See und den Felsen und den fernen Nebelmassen und dem großen Karfunkel selbst schauend, ohne jedoch, wie es schien, seines Lichtes gewahr zu werden, als wenn die zerstreuten Dünste sich um seine Person gelagert hätten. Obgleich der Glanz des Steines den Schatten des Ungläubigen vor seine eigenen Füße warf, als er dem kostbaren Juwel den Rücken wandte, so wollte er sich doch nicht davon überzeugen lassen, daß auch nur der schwächste Schein sichtbar sei.

»Wo ist der große Unsinn?« wiederholte er. »Ich fordere Euch heraus, ihn mir zu zeigen!«

»Dort,« sagte Matthäus, aufgebracht über eine so verstockte Blindheit und den Zyniker nach der erleuchteten Klippe zu herumdrehend. »Nehmt diese abscheuliche Brille ab und Ihr werdet ihn sehen müssen!«

Diese dunkle Brille verdunkelte wahrscheinlich des Zynikers Gesicht mindestens in einem ebenso großen Grade, wie das rußige Glas, durch welches die Leute nach einer Sonnenfinsternis zu schauen pflegen. Er riß sie indes mit entschlossener Prahlerei von der Nase und richtete einen dreisten, vollen Blick auf die rötliche

Glut des großen Karfunkels. Aber kaum war er ihr begegnet, als er mit einem tiefen, schaudernden Stöhnen den Kopf sinken ließ, und beide Hände auf seine unglücklichen Augen preßte. Von diesem Augenblicke an gab es in Wahrheit für den Zyniker kein Licht des großen Karfunkels mehr, noch sonst ein anderes irdisches oder selbst ein Licht des Himmels. Indem er so lange gewöhnt gewesen war, alle Gegenstände nur durch das Medium zu betrachten, welches ihm jeden Schimmer von Glanz raubte, hatte ein einziger Strahl eines so glänzenden Phänomens, der sein unbewaffnetes Auge getroffen, ihn auf immer erblinden lassen.

»Matthäus,« sagte Hanna, sich an ihn hängend, »laß uns von hier fortgehen.«

Matthäus sah, daß sie ohnmächtig war, und indem er deshalb niederkniete, legte er sie in seine Arme und sprengte einige Tropfen des schneidend kalten Wassers aus dem bezauberten See auf ihr Gesicht und ihren Busen. Es belebte sie wieder, aber nicht ihren Mut.

»Ja, Liebste,« rief Matthäus, ihre zitternde Gestalt an seine Brust drückend, wir wollen fort gehen und nach unserer bescheidenen Hütte zurückkehren. Der gesegnete Sonnenschein und das stille Mondlicht soll durch unser Fenster leuchten. Wir wollen die behagliche Glut unseres Herdes zur Abendzeit anzünden und in ihrem Scheine glücklich sein. Aber nimmer wollen wir wieder nach mehr Licht streben, als die ganze Welt mit uns teilen kann.«

»Nein,« sagte die junge Frau, »denn wie könnten wir in dieser schreckbaren Gluthitze des großen Karfunkels bei Tage leben oder bei Nacht schlafen!«

Mittels ihrer hohlen Hand tranken sie einen Zug aus dem See, der ihnen sein noch von keiner menschlichen Lippe entweihtes Wasser darbot, und begannen sodann den Berg hinabzusteigen, indem sie den erblindeten Zyniker unter ihre Leitung nahmen, der kein Wort mehr äußerte und selbst das Stöhnen seines elenden Herzens unterdrückte. Als sie jedoch das bis dahin unbetretene Ufer des Geistersees verließen, warfen sie noch einen Abschiedsblick auf die Klippe und sahen, daß die Dünste sich wieder in dichte Masse ansammelten, durch die das Juwel nur noch trübe hindurchstrahlte.

Was die andern Pilgrimme des großen Karfunkels betrifft, so erzählt die Sage weiter, daß der würdige Ichabord Pigsnort bald die Suche als eine verzweifelte Spekulation aufgab und als ein weiser Mann beschloß, sich nach seinen Waffenlagern zu Boston am Stadthafen zurück zu begeben. Allein als er durch den Engpaß des Gebirges ging, nahm eine kriegerische Abteilung Indianer unseren unglücklichen Kaufmann gefangen und schleppte ihn nach Montreal, wo er so lange in Haft gehalten wurde, bis er durch die Zahlung eines schweren Lösegeldes die aufgehäufte Masse seiner Fichten-Schillinge auf schmerzliche Weise vermindert hatte. Überdies waren durch seine lange Abwesenheit seine Geschäfte in eine solche Unordnung geraten, daß er während seines übrigen Lebens, statt sich im Silber zu wälzen, selten den Wert eines halben Schillings in Kupfer besaß. Doktor Cacaphodel, der Alchimist, kehrte nach seinem Laboratorium mit einem ungeheuren Stücke Granit zurück, welches er zu Pulver zermahlte, in Säuren auflöste, im Tigel zerschmolz und mit dem Lötrohre abbrannte, worauf er das Resultat seiner Experimente in einem der schwersten Foliobände jener Zeit veröffentlichte.

Und zu allen diesen Zwecken wäre das Juwel selbst von keinem größeren Nutzen gewesen, als das Stück Granit. Der Dichter nahm aus einem ähnlichen Irrtume ein großes Stück Eis mit sich, welches er in einer nie von der Sonne beschienenen Bergspalte fand, und schwur, daß es in allen Beziehungen mit seiner Vorstellung vom großen Karfunkel übereintreffe. Die Kritiker sagen, wenn seiner Poesie auch der Glanz des Juwels fehle, sie mindestens alle Kälte des Eises bewahrt habe. Der Lord de Vere kehrte nach seiner Ahnenhalle zurück, wo er sich mit einem mit Wachslichtern versehenen Armleuchter begnügte, und im Laufe der Zeit einen neuen Sarg im Ahnenbegräbnisse füllte. Als die Leichenfackeln in diesem dunklen Ruheorte glühten, bedurfte es nicht mehr des großen Karfunkels, um die Eitelkeit alles irdischen Pompes zu zeigen.

Der Zyniker wanderte, nachdem er seine Brille abgelegt hatte, als ein elendes Wesen in der Welt umher, und wurde für die absichtliche Blindheit seines früheren Lebens durch ein unaufhörliches, marterndes Verlangen nach Licht gestraft. Die ganze Nacht hindurch pflegte er seine geblendeten Augenhöhlen nach Mond und Sterne aufzuheben; er wandte sein Gesicht östlich beim Sonnenaufgang, wie der eifrigste persische Sonnenanbeter; er machte eine Pilgerfahrt nach Rom, um die prächtige Beleuchtung der St. Peters-kirche zu sehen und kam endlich in dem großen Feuer zu London um, in dessen Mitte er sich gestürzt hatte, um einen schwachen Strahl jener Glut aufzufangen, welche damals Erde und Himmel in Flammen setzte.

Matthäus und seine Frau verlebten noch viele friedliche Jahre, und pflegten gern die Sage vom großen Karfunkel zu erzählen. Allein gegen das Ende ihres langen Lebens hatte die Erzählung nicht mehr den vollen Glauben, welcher ihr von denjenigen beige-messen worden war, die sich selbst noch des ehemaligen Glanzes des Juwels erinnerten. Denn es wird versichert, daß von dem Au-genblicke an, wo zwei Sterbliche so schlicht und weise gewesen waren, das Juwel, welches alle irdischen Dinge verdunkelt haben würde, zu verwerfen, sein Glanz verschwunden sei. Als spätere Pilger die Klippe erreichten, fanden sie nichts als einen dunklen Stein, auf dessen Oberfläche kleine Teilchen Katzensilber schimmer-ten. Man erzählt sich auch die Sage, daß, als das jugendliche Paar den Ort verließ, das Juwel sich von der Spitze der Klippe ablöste und in den bezauberten See fiel, und daß um Mittagszeit des Su-chers Gestalt noch jetzt gesehen werden könne, wie sie sich über den unauslöschlichen Glanz hinab beuge.

Einige andere glauben, daß der unschätzbare Stein jetzt noch wie früher strahle und behaupten, daß sie seinen Glanz wie das Leuch-ten des Blitzes im Sommer tief hinein im Tale Saco wahrgenommen haben. Und endlich muß ich selbst zugestehen, daß ich in weiter Ferne von den Kristallbergen ein wunderbares Licht um ihre Gipfel schweben sah, und durch meinen Glauben an die Poesie verleitet wurde, der letzte Pilger nach dem großen Karfunkel zu sein.

Die Totenhochzeit

Zu meiner Großmutters Kindzeit gabs in einer New-Yorker Kirche, die mir immer schon seltsam vorkam, unter höchst sonderbaren Umständen eine Hochzeit, deren zufällige Zuschauerin die ehrwürdige Dame war. Sie erzählte oft davon.

Die Hochzeit konnte als das Resultat einer sehr frühzeitigen Verlobung gelten, doch hatte sich die Dame seitdem zweimal anderseits verheiratet und der Bräutigam hatte vierzig Jahre Junggesellenschaft hinter sich. Mit fünfundsechzig war Herr Ellenwood wohl ein scheuer, aber doch nicht ganz verschlossener und abseitiger Mensch; selbstsüchtig, wie alle Menschen, die über ihren Herzensangelegenheiten brüten, zeigte er, wenn auch nur bei seltenen Gelegenheiten eine Spur von generösem Gefühl. Er war ein gelehrter Mann, doch ohne bestimmte Ziele und Gegenstände; weder diente sein Wissen persönlichem Ehrgeiz noch dem öffentlichen Wohle. Von guter Familie und sehr peinlich in seiner Lebensführung, verlangte er doch zuweilen hinsichts seiner Person von der Gesellschaft eine beträchtliche Nachgiebigkeit, was ihre Sitten und Bräuche anlangt. Er besaß so viele Anomalien in seinem Charakter und war, abnehmend wohl in öffentlicher Notiz mit seiner abnehmenden Sensibilität, so oft das Gespräch des Tages gewesen durch irgend eine wilde Exzentrizität seines Lebens, daß man ihn allgemein für erblich belastet und verrückt hielt. Doch war dazu keine rechte Ursache. Seine Launen hatten ihren Ursprung darin, daß seinem Verstande die Stütze eines gerichteten Zieles und seinen Gefühlen der Gegenstand fehlte, weshalb sie über sich selber fühlten. War er verrückt, so war das Folge und nicht Ursache eines lieblosen und sinnlosen Lebens.

Die Witwe bildete einen völligen Gegensatz zu ihrem dritten Bräutigam in allem bis auf das Alter, wie man sich denken kann. Nachdem sie ihre erste Verlobung gelöst hatte, wurde sie mit einem Manne zweimal so alt wie sie verheiratet; sie war seine musterhafte Gattin und erbte bei seinem Tode ein beträchtliches Vermögen. Ein Herr aus den Südstaaten, viel jünger als sie, bekam dann ihre Hand und brachte sein Weib nach Charlestone, woselbst sie nach vielen nicht glücklich verlebten Jahren neuerlich Witwe wurde. Seltsam wäre es gewesen, wenn irgend ein ungewöhnlich feines Empfinden ein Leben wie das von Frau Dabney überdauert hätte; es konnte nicht anders als von ihren irdischen Erfahrungen ruiniert und getötet werden: die kühle Pflicht ihrer ersten Ehe, die Geldheirat des Südländers mit der alternden Frau in der zweiten Ehe, zumal diese letztere; denn sie mußte den Tod ihres wenig liebenswerten Gatten denken und wünschen wie als eine Wiederherstellung eines behaglichen Lebens. Kurz, sie war wohl die klügste, aber unliebenswerteste Gattung Frau geworden, trug Wirrnisse des Herzens mit Gleichmut, verzichtend auf alles, was ihr Glück gewesen sein könnte und das Beste aus dem machend, was ihr geblieben war. Klug in allen Dingen, war die Witwe vielleicht bloß um einer Schwäche willen liebenswert und die machte sie lächerlich. Kinderlos konnte sie nicht durch Nachkommenschaft schön bleiben in der Person einer Tochter; darum sträubte sie sich, alt zu werden und häßlich; sie kämpfte mit der Zeit und behielt ihre Rosen gegen sie, bis diese ehrwürdige Diebin die Beute aufgab, als die Mühe nicht lohnend.

Die bevorstehende Verheiratung dieser so weltlich gesinnten Frau mit einem so unweltlichen Manne wie Herrn Ellenwood wurde kurz nach Frau Dabneys Rückkehr in ihre Geburtsstadt bekannt. Oberflächliche und tiefere Beobachter schienen darin übereinzustimmen, daß die Dame in diesem Arrangement keine inaktive Rolle gespielt habe; es gab da Geschicklichkeiten, die besser zu ihr paßten als zu dem Manne und zudem war auch da noch dieses Phantom von Sentimentalität und Romantik in dieser endlichen Verbindung zweier Jugendgeliebter, welches Phantom zuweilen eine Närrin aus einem Weibe macht, das in den Zwischenfällen des Lebens ihr wahres Gefühl verloren hat. Erstaunen war darüber, wie der Mann bei seinem Mangel an weltlicher Klugheit und ohne Gefühl für das Lächerliche dazu gebracht werden konnte, ein ebenso kluges als lächerliches Unternehmen ins Werk zu setzen, wie es diese Heirat war.

Inzwischen kam der Hochzeitstag. Die Zeremonie sollte nach der Form der Episkopalkirche vorgenommen werden, in offener Kirche also, was eine Menge Zuschauer anzog. Es war damals Brauch, daß Braut und Bräutigam getrennt zur Kirche kamen. Aus irgend einem Zufall war der Bräutigam weniger pünktlich als die Witwe und ihre

Beistände, mit deren Ankunft nach der etwas ermüdeten Einleitung unsere eigentliche Geschichte beginnt.

Die schwerfälligen Räder einiger altmodischer Kutschen wurden hörbar und Herren und Damen von der bräutlichen Partei kamen durch das Kirchentor mit dem fröhlichen und plötzlichen Effekt eines durchbrechenden Sonnenstrahls. Die ganze Gesellschaft, bis auf die Hauptfigur, bestand aus Jugend und Fröhlichkeit. Als sie zum Altar vorschritten, war der Lärm ihrer Schritte so ausgelassen, als verwechselten sie die Kirche mit einem Ballhaus; erstaunlich, daß sie nicht einfach vortanzten. Über dem glänzenden Schauspiel bemerkten die Wenigsten das Seltsame, das sich beim Eintritt der Hochzeitgesellschaft begab. In dem Augenblicke, da die Braut die Schwelle überschritt, begann die Glocke im Turm über ihr zu schwingen und sang ihr tiefstes Totenläuten. Dies Läuten verging und kam wieder, feierlicher noch, als die Braut durch die Kirche zum Altar vorging.

»Was für ein seltsames Omen!« flüsterte ein junges Mädchen ihrem Geliebten zu.

»Die Glocke hat den guten Geschmack, nach ihrem eigenen Eindruck zu tönen,« sagte der junge Mann. »Was hat die Alte da auch mit Hochzeitmachen zu tun? Die Glocke hat für sie nur das Totengeläut.«

Die Braut wie die mehreren ihrer Begleitung waren bei ihrem Eintreten zu viel mit sich selber beschäftigt als daß sie den sonderbaren Ton der Glocke hörten oder darauf achteten. Die prächtigen Trachten der Zeit, die Röcke in Samt und Seide, goldbetreßte Hüte, diese Schnallen, Spitzen, Stöcke, Degen, all das ließ die Gruppe eher als ein hellfarbiges Bild erscheinen denn sonst irgend was. Aber welche Geschmacksverirrung hatte der Künstler damit begangen, die Hauptfigur so verrunzelt und verhuzelt darzustellen und solches noch auffallender damit zu machen, daß er sie bekleidete wie das lieblichste Mädchen? Es war, als ob zur moralischen Lehre der andern die schönste unter ihnen plötzlich alt und häßlich geworden wäre.

Da tönte die Glocke lauter ihr Totengeläut, und diesmal vernahmen es alle und standen still, drängten sich enger aneinander und eine junge Dame tat einen kleinen Schrei und unter den Herren war ein Geflüster. Als ob über ein Blumenbeet ein Windstoß ginge; eine verschrumpfte gebräunte Rose zitterte und zwei junge Knospen an ihrem Zweige: das Emblem der Witwe zwischen ihren beiden hübschen Brautjungfern. Aber die Witwe zeigte wunderbaren Mut. Sie erschauerte, als ob der Schlag der Glocke ihr mitten ins Herz gefallen wäre, dann aber faßte sie sich, ließ ihre Begleitung zurück und schritt sicher zum Altar vor. Und die Glocke tönte weiter ihre finstere Weise als trüge man einen Leichnam zu Grabe.

»Meine jungen Freunde hier haben etwas schlechte Nerven,« sagte die Witwe lächelnd zu dem Priester, »aber so viele Hochzeiten sind lustig eingeläutet worden und traurig ausgegangen, daß es wohl auch einmal umgekehrt sein kann. »Madame,« antwortete der Pastor in großer Verlegenheit, »dieser seltsame Vorfall erinnert mich einer Hochzeitsrede des berühmten Bischofs Taylor, in welcher er so viele Gedanken von Sterblichkeit und künftigem Leben anbrachte, daß er, um etwas in seinem eignen reichen Stil zu sprechen, die Brautkammer in Schwarz auszuschlagen und das Hochzeitskleid aus einem Baartuch zu schneidern schien. Doch war es Brauch bei verschiedenen Völkern, in ihre Hochzeitszeremonien etwas Traurigkeit zu mengen und den Tod im Auge zu behalten gerade während eine Beziehung geschlossen wurde, welche des Lebens vornehmstes Geschäft ist. Solcherweise mögen wir eine traurige aber doch auch nützliche Lehre von dieser Totenglocke ziehen.«

Aber wenn auch dieser Pastor seiner Moral eine noch kühnere Pointe gegeben haben möchte, er unterließ doch nicht, einen Kirchendiener wegzuschicken, daß der nach dem Grund dieses mysteriösen Läutens forsche und abstelle, was so wenig geeignet für eine Hochzeit erscheine. Es verging eine kleine Weile, deren Schweigen nur vom Flüstern der Hochzeitsgäste und Zuschauer gebrochen wurde, die nach dem ersten Schrecken geneigt waren, eine ganz unnatürliche Scherzhaftigkeit aus der Affaire zu ziehen. Die Jugend hat weniger Mitleid mit alter Narrheit als die Alten für solche der Jugend haben. Man sah den Blick der Witwe für eine Weile zu einem Kirchenfenster wandern, als ob sie darunter den von der Zeit zermürbten Marmor suchte, den sie hier zum Andenken an ihren ersten Gatten hatte setzen lassen; dann sanken ihre Lider über ihre müden Augenhöhlen und ihre Gedanken wurden unwiderstehlich zu einem andern Grabe gezogen. Zwei Männer im Grabe, mit ihren Stimmen ganz nah an ihrem Ohr und einem Rufen von weither, forderten sie auf, sich neben sie hinzulegen. Vielleicht dachte sie in einer Augenblicksächtheit ihres Gefühles, wie viel glücklicher ihr Schicksal gewesen sein mochte, wenn nach segensvollen Jahren nun die Glocke zu ihrem Begräbnis läutete und ihrem Sarge die alte Liebe ihres frühesten Geliebten und dann lange ihres Gatten folgte. Aber warum war sie zu ihm zurückgekehrt, jetzt, wo ihre kalten Herzen zurückschauerten davor, einander zu umarmen?

Und immer läutete die Totenglocke so klagevoll, daß der Sonnenschein in der Luft zu schwinden schien. Ein Geflüster und Geraune ging nun durch die Kirche, ein Leichenwagen von einigen Trauerkutschen gefolgt kröche durch die Straße und bringe irgend einen toten Menschen auf den Friedhof, während die Braut einen lebenden am Altare erwarte. Gleich darauf vernahm man den Tritt des Bräutigams und seiner Freunde auf den Kirchenfliesen. Die Witwe blickte sich um und griff nach dem Arm einer ihrer Brautjungfern mit ihrer knochigen Hand und solcher ungewollter Heftigkeit, daß das junge Mädchen aufschrak.

»Sie haben mich so erschreckt,« sagte das Mädchen, »was ist denn um Himmelswillen?«

»Nichts, meine Liebe, nichts,« sagte die Witwe, und dann ganz nah an deren Ohr: »Ich habe eine ganz tolle Vorstellung und kann sie nicht los werden. Mir ist so, als käme gleich mein Bräutigam herein mit meinen zwei ersten Männern als Beiständen.«

»Sehen Sie nur, sehen Sie,« rief das Mädchen, »was kommt denn da? Der Leichenzug!«

Und während sie das sagte betrat eine dunkle Prozession die Kirche. Zuerst schritten ein alter Mann und ein altes Weib, wie die Hauptleidtragenden bei einem Begräbnis, von Kopf zu Füßen in Schwarz, der Mann sich auf einen Stock stützend und mit dem andern entkräfteten Arm das verfallende Weib haltend und führend. Hinter ihnen kam ein anderes Paar und wieder eines, so alt und so schwarz gekleidet wie das erste. Im Näherkommen erkannte die Witwe in jedem Gesichte Züge eines frühern Bekannten, längst vergessen, doch nun wiederkehrend aus ihren alten Gräbern, sie davor zu warnen, eine Hochzeit zu bereiten, oder mit der gleich unwillkommenen Absicht, ihre Verrunzeltheit und Hinfälligkeit zu zeigen und sie als ihre Genossin zu fordern an den Zeichen ihres eigenen Alters. Manche lustige Nacht hatte sie in ihrer Jugend mit denen da getanzt. Und nun in ihrem freudlosen Alter war es ihr, als ob irgend ein vertrockneter Partner nach ihrer Hand greife und alle sich zum Ton der Totenglocke zu einem Totentanz vereinigten.

Während diese Trauergesellschaft vor zum Altare schritt, packte, wie man bemerkte, die Zuschauer ein Grauen, das sie schüttelte und es war ihnen, als ob durch gütige Mächte bislang Verborgenes ans volle Licht träte. Manche wandten ihr Gesicht ab, andere starrten unbeweglich nach dem seltsamen Zuge; ein kleines Mädchen lachte hysterisch auf und fiel mit dem Lachen auf den Lippen in Ohnmacht. Als die Prozession den Altar erreicht hatte, trennten sich die schwarzen Paare und bildeten einen Halbkreis, in dessen Mitte ein Wesen sichtbar wurde, das die Prozession mit all ihrem Pomp und unter dem Tönen der Totenglocke mit sich geführt hatte: der Bräutigam in seinem Leichengewand.

+++

Keine andere Tracht als die des Grabes konnte solches totgleiche Aussehen kleiden; nur die Augen brannten wie Grablampen, alles andere war von der ruhigen Starre alter Männer im Sarge. Regungslos stand dieser Leichnam mit den brennenden Augen, aber sprach nun zur Witwe und der Klang seiner Stimme mischte sich mit dem Ton der Glocke, die schwer in der Luft klang.

+++

»Komm, meine Braut,« sagten die bleichen Lippen, »der Leichenwagen ist bereit. Der Totengräber wartet auf uns am Grabe. Wir wollen Hochzeit machen, und dann in unsere Särge.«

Die Witwe wurde geisterhaft wie eines Toten Braut. Ihre jungen Freundinnen standen schauervoll abseits von dem Paare. Der Pastor unterbrach das Schweigen.

»Herr Ellenwood,« sagte er sanft, aber doch mit einiger Strenge, »Euch ist nicht wohl. Ihr seid verwirrt von den ungewöhnlichen Umständen, in die Ihr gebracht seid. Die Feier muß aufgeschoben werden. Als alter Freund laßt Euch raten, nach Hause zu gehen.«

»Nach Hause, ja,« sagte der Bräutigam, »doch nicht ohne meine Braut. Euch scheint dies ein Scherz, Narrheit vielleicht. Ja, hätte ich mein altes und verbrochenes Äußere behängt mit Scharlach und Spitzen, hätt' ich meine verwelkten Lippen zu meinem toten Herzen zu lächeln gezwungen, so wäre das wohl Scherz oder Narrheit gewesen. Nun aber, laßt Alt und Jung erklären, wer von uns beiden ohne Hochzeitskleid hierher gekommen ist, Bräutigam oder Braut!«

Er trat nun ganz geisterhaften Schrittes nah zur Braut hin, daß man ganz deutlich die armselige Einfachheit seines Leichenhemdes vergleichen konnte mit dem Glitter und Glitzer, in die sich die Braut gekleidet hatte.

»Grausamer! Grausamer!« stöhnte die ins Herz getroffene Braut.

»Grausam?« fragte er und seine grabhohle Stimme wird bitter. »Der Himmel weiß, wer von uns zweien grausam war. Als Du jung warst, da raubtest Du mir Glück, Hoffnung, Wunsch, nahmst alles Wirkliche aus meinem Leben, machtest aus diesem meinem Leben einen Traum, kaum wirklich genug, um darüber zu trauern. Und blieb da nur ein dumpfes Licht, bei dem ich wandelte und fragte nicht wohin. Und nun nach vierzig Jahren, wo ich mein Grab errichtet habe und den Gedanken nicht lassen will, da zu ruhen, da rufst Du mich zum Altar. Auf Deinen Wunsch bin ich hier. Aber andere Gatten genossen Deine Jugend, Deine Schönheit, Deine Wärme des Herzens und alles, was ihr Leben erfreuen konnte. Was anderes bleibt für mich als Dein Verfall und Dein Ende? Und darum bat ich diese Trauergäste und bestellte die Totenglocke und komme in meinem Totenkleide, dich zu ehelichen wie bei einer Leichenfeier, auf daß wir unsere Hände vereinen vor der Tür zur Grabkammer und zusammen hineingehen.«

Es war nicht Raserei, war nicht bloß Trunkenheit aus starker Bewegtheit eines darin nicht gewohnten Herzens, das nun über die Braut kam. Die grausame Lehre des Tages hatte ihr Werk getan; die Weltlichkeit war verschwunden. Sie ergriff die Hand des Bräutigams.

»Ja, wir wollen heiraten an der Grabtür. Mein Leben ging hin in Wahn und Leere. Aber an seinem Ende ist nun ein Ächtes. Es machte mich zu dem was ich in der Jugend war, es macht mich deiner würdig. Zeit zählt nicht mehr für uns. Wir wollen für die Ewigkeit heiraten.«

Einen langen und tiefen Blick senkte der Bräutigam in ihre Augen, während aus den seinen Tränen flossen.

»Geliebte meiner Jugend, ich bin böse gewesen. Die Verzweiflung meines ganzen Lebens war mit einem Male zurückgekommen und hat mich närrisch gemacht. Verzeihe, und es sei dir verziehen. Ja, es ist Abend nun mit uns, und keiner unserer Morgenträume von Glück hat sich erfüllt. Aber wir wollen uns vor dem Altar die Hände geben wie Liebesleute, im Leben von feindlichen Umständen getrennt und jetzt sich treffend, wo sie das Leben verlassen. Und ihre irdische Liebe in etwas so heiliges wie Religion gewandelt finden. Was ist Zeit für jene, die für die Ewigkeit verehelicht sind, Eheleute der Ewigkeit?«

Viele weinten als der Priester nun die Hände des Paares vereinigte, und die Totenglocke übertönte die Worte, die er sprach. Nun setzte die Orgel ein und in ihr Brausen tönte die Glocke wie im Weltkampf. Als die in die Ewigkeit Verheirateten, eine kalte Hand in des andern kalter Hand die Kirche verließen, brauste die Orgel Triumph und die Glocke ward nicht mehr gehört.

Peter Goldthwaite's Schatz

»Also, Peter, Ihr wollt Euch die Sache nicht einmal überlegen?« sagte John Brown, seinen Überrock über die behagliche Fülle seines Körpers zuknöpfend und seine Handschuhe anziehend. »Ihr beharrt also bei Eurer Weigerung, mir dieses alte baufällige Haus mit dem dazu gehörigen Grund und Boden für die Summe zu überlassen?«

»Weder für diese noch für die dreifache Summe,« entgegnete der hagere, grauhaarige Peter Goldthwaite in seinem abgetragenen Rocke. »Es ist klar, Herr Brown, Ihr müßt für Euer steinernes Gebäude eine andere Lage aussuchen und Euch begnügen, meine Besitzung ihrem gegenwärtigen Eigentümer zu lassen. Im nächsten Sommer beabsichtige ich, ein prächtiges, neues Gebäude auf dem Fundament des alten Hauses zu errichten.«

»Peter,« rief Herr Brown, während er die Türe zur Küche öffnete, »begnügt Euch mit Schlössern in der Luft, wo Kalk und Steine umsonst, die Bauplätze billiger als auf Erden sind. Ein solches Fundament ist fest genug für Eure Gebäude, während der Grund unter uns gerade das Passende für die meinigen ist; nur so wäre uns beiden geholfen. Was sagt Ihr dazu?«

»Ganz dasselbe, was ich vorher gesagt habe, Herr Brown,« antwortete Peter Goldthwaite; »und was die Schlösser in der Luft betrifft, so mögen die meinigen zwar nicht so prächtig sein wie derartige Gebäude, aber vielleicht ebenso solide wie das sehr respektable Haus für Warenlager, Schneiderläden, Wechsel- und Schreibstuben, das ihr an seine Stelle zu setzen beabsichtigt.«

»Und die Kosten, Peter?« antwortete Brown, als er sich halb im Aerger zum gehen anschickte, »die werden wahrscheinlich durch eine Anweisung auf die Narrenbank bezogen!«

John Brown und Peter Goldthwaite waren vor zwanzig bis dreißig Jahren der kaufmännischen Welt unter der Firma Goldthwaite & Brown bekannt gewesen; allein dieses Compagniegeschäft hatte sich wegen der Unähnlichkeit zwischen den Charakteren der Teilhaber nach kurzer Zeit aufgelöst. Seit diesem Ereignis hatte John Brown mit ganz denselben Eigenschaften wie tausend andere John

Browns und mittels derselben Plackereien wie jene sein Glück gemacht und war einer der reichsten John Browns auf Erden geworden. Peter Goldthwaite hingegen war, nach unzähligen Plänen und Spekulationen, die alles gemünzte und alles Papiergeld in seine Koffer hätten fließen lassen sollen, ein Mann in so bedürftigen Umständen, wie je einer war, der Flicken auf dem Ellenbogen trug. Der Unterschied zwischen ihm und seinem früheren Compagnon läßt sich kurz dahin fassen: daß Brown nie auf Glück rechnete, aber es immer hatte, während Peter das Glück zur Hauptbedingung seiner Pläne machte und es stets verfehlte. Solange seine Mittel ausreichten, waren seine Spekulationen glänzend gewesen, aber in späteren Jahren bis zu kleinen Geschäften, wie Versuchen in der Lotterie, gesunken. Einst hatte er eine Expedition nach dem Süden unternommen, um Gold zu suchen und zu sammeln und hatte es richtig dahin gebracht, seine Taschen dabei noch gründlicher zu leeren als je zuvor, während Andere ohne Zweifel die ihrigen füllten. In neuerer Zeit hatte er ein ihm angefallenes Legat von ein bis zweitausend Dollars zum Ankauf von mexikanischen Papieren verwendet und war dadurch der Eigentümer einer ganzen Provinz geworden, die jedoch, soviel Peter ermitteln konnte, da belegen war, wo er um denselben Preis ein ganzes Reich hätte bekommen können, d. h. im Nebel. Von einer Entdeckungsreise nach diesen wertvollen Besitzungen kehrte Peter so abgemagert und abgetragen zurück, daß, als er Neu-England wieder erreicht, alle Vogelscheuchen in den Kornfeldern ihm zunickten, während er vorüberging. »Sie bewegten sich nur im Winde,« brummte Peter. Nein, Peter, sie nickten, denn sie erkannten ihren Bruder!

In der Zeit, wo unsere Erzählung beginnt, würde sein ganzes Einkommen nicht ausgereicht haben, um die Abgaben von dem alten Gebäude zu bezahlen, in welchem er wohnte. Es war eines jener alten, schmutzigen, moosbewachsenen, hölzernen Häuser, die noch hie und da in den Straßen unserer älteren Städte zu finden sind und ihre düsteren zweiten Stockwerke über das Fundament vorwerfen, als zürnten sie über die Neuerungen, die sie umgeben. Dieses alte, erbschaftliche Gebäude wollte der schlaue Peter, so arm er auch war und obgleich es ihm wegen seiner unmittelbaren Lage an der Hauptstraße der Stadt eine schöne Summe eingebracht haben würde, aus gewissen, besonderen Gründen weder unter der

Hand noch öffentlich verkaufen. Es schien tatsächlich, als wenn es eine Art Fatum wäre, was ihn mit dem Platze seiner Geburt verbinde, denn so oft er auch schon am Rande gänzlichen Ruins gestanden hatte, wo er auch gegenwärtig stand, so hatte er doch noch nicht einen Schritt darüber hinaus getan, der ihn gezwungen haben würde, das Haus seinen Gläubigern zu überlassen. So blieb er hier mit seinem Unglück wohnen und wartete, daß das Glück ihn besuchen wolle.

Hier also, in der Küche, dem einzigen Gemache des Hauses, wo noch ein Feuerfunke die Kälte eines Novemberabends vertrieb, war der arme Peter Goldthwaite gerade von seinem ehemaligen, reichen Compagnon besucht worden. Am Schluße ihrer Unterredung schaute Peter mit etwas ärgerlichem Blicke auf seine Kleidung, die in einzelnen Teilen so alt wie die Tage der Firma von Goldthwaite & Brown zu sein schien. Sein Oberkleid bestand aus einem Rocke bis auf den letzten Faden abgetragen und an beiden Ellenbogen mit neuerem Material geflickt. Unter demselben trug er einen kohlschwarzen Rock, dessen ursprünglich seidenen Knöpfe mehrfach durch andere von verschiedenem Muster und Material ergänzt worden waren; und endlich, obgleich er sich nicht ganz ohne ein Paar graue Beinkleider befand, so waren diese doch sehr schmutzig und hatten durch Peters häufiges Wärmen seiner Vorderseite ihre Farbe teilweise in Braun verwandelt. Peters Person befand sich in denselben Verhältnissen wie sein trefflicher Anzug. Grauköpfig, hohläugig, blaßwangig und abgemagert, war er das treue Abbild eines Mannes, der sich mit windigen Plänen und leeren Stoffmengen genährt hatte, bis er weder von solch ungesundem Zeuge länger existieren noch nahrhaftere Speise verdauen konnte. Abgesehen hiervon hätte jedoch dieser Peter Goldthwaite, ein so witziger Narr er auch war, eine ganz brillante Figur in der Welt spielen können, wenn er seine Einbildungskraft in dem luftigen Bereiche der Dichtkunst angestrengt hätte, statt einen Unheilsteufel in kaufmännischen Geschäften aus ihr zu machen. Er war überhaupt kein böser Mensch, sondern harmlos wie ein Kind, und so rechtschaffen und ehrenhaft, und insoweit ein Gentleman, wie es einem Manne in einem so unregelmäßigen Leben und unter so gedrückten Umständen nur immer möglich war.

Während Peter auf den zerbrochenen Ziegeln vor seinem Herde stand und sich in der traurigen, alten Küche umschaute, begannen seine Augen von dem Feuer eines Enthusiasmus zu glühen, der ihn nie lange verließ. Er erhob seine Hand, ballte die Faust und schlug damit energisch gegen die räucherige Wand des Herdes.

»Die Zeit ist da!« sagte er. »Mit solchem Schatz im Besitze wäre es Torheit, länger ein armer Mann zu sein. Morgen will ich mit dem Dachstuhle beginnen und nicht eher ruhen, als bis ich das Haus niedergerissen habe!«

Tief in der Kaminecke saß, wie eine Hexe in einer finsteren Höhle, ein kleines altes Weib, welches eines jener beiden Paare Strümpfe ausbesserte, womit Peter Goldthwaite seine Zehen gegen das Erfrieren schützte. Die Fußsohlen waren zu zerrissen, um sie noch stopfen zu können, und die gute Frau hatte deshalb Stücke aus einem abgelegten Flanellrock geschnitten, um neue Sohlen einzunähen. Tabitha Porter war eine alte Jungfer, mehr als sechzig Jahre alt, von denen sie fünfundfünfzig in derselben Kaminecke gesessen hatte, welches die Zeit ausmachte, seit der Peters Großvater sie aus dem Waisenhause zu sich genommen hatte. Sie hatte keinen andern Freund als Peter und Peter keinen anderen Freund als Tabitha. Solange Peter ein Obdach für sein eigenes Haupt hatte, wußte Tabitha, wo das ihrige ruhen konnte; oder wenn nirgends anders eine Heimat zu finden war, so war sie bereit, ihren Herrn bei der Hand zu nehmen und ihn zu ihrer eigenen Heimat, dem Armenhause zu führen. Sollte es je die Notwendigkeit erfordern, so hatte sie genug Liebe für ihn, um ihn mit ihren eigenen Unterröcken zu kleiden. Aber Tabitha war ein seltsames altes Weib, und obgleich nie von Peters Leichsinn angesteckt, war sie doch an seine Einfälle und Torheiten so gewöhnt, daß sie sie als wie von selbstverstehend ansah. Als sie seine Drohung hörte, das Haus niederreißen zu wollen, schaute sie ruhig von ihrer Arbeit auf.

»Dann tut Ihr wohl am besten, die Küche bis zuletzt zu lassen, Herr Peter,« sagte sie.

»Je eher wir Alles nieder haben, desto besser,« rief Peter Goldthwaite. »Ich bin zum Tode dessen müde, noch länger in diesem kalten, finsteren, zugigen, räucherigen, knarrenden, elenden alten Hause zu leben. Ich werde mich viel jünger fühlen, wenn wir uns erst in unserem prächtigen, steinernen Gebäude befinden, wie wir es, so Gott will, im nächsten August haben werden. Du sollst ein Zimmer auf der Sonnenseite haben, Tabitha, so eingerichtet und ausmöbliert, wie Du es Dir nur immer wünschest.«

»Ich würde mir am liebsten so einen Platz wie diese Küche wünschen,« antwortete Tabitha. »Ich werde mich nie eher darin zu Hause fühlen, als bis die Kaminecke so schwarz von Rauch ist wie diese; und das wird nicht in den ersten hundert Jahren sein. Wie viel gedenkt Ihr daran zu wenden, Herr Peter?«

»Was hat das mit der Sache zu tun?« rief Peter stolz. »Hat mein Urgroßonkel, Peter Goldthwaite, der vor ungefähr siebenzig Jahren starb und dessen Namen ich trage, nicht einen hinreichenden Schatz hinterlassen, um zwanzig solcher Häuser zu bauen?«

»Ich weiß nichts anders, Herr Peter,« sagte Tabitha, ihre Nadel einfädelnd.

Tabitha verstand recht wohl, daß Peter damit einen unermeßlichen Schatz kostbarer Münzen meinte, die irgendwo im Keller oder den Wänden oder unter dem Fußboden oder in einer versteckten Kammer oder sonst in einem abgelegenen Winkel des Hauses verborgen sein sollte. Dieser Reichtum war der Sage nach, von einem früheren Peter Goldthwaite gesammelt worden, dessen Charakter eine merkwürdige Aehnlichkeit mit dem Peter unserer Erzählung gehabt zu haben scheint. Gleich ihm war er ein wilder Spekulant gewesen, der Gold nur nach Scheffeln und Waggonladungen aufzuhäufen wünschte, statt es stückweise zu sammeln. Gleich Peter dem Zweiten waren seine Pläne fast regelmäßig fehlgeschlagen und würden ihm ohne den glänzenden Erfolg des letzten kaum einen Rock und ein Paar Beinkleider für seine magere Person übrig gelassen haben. Es herrschten verschiedene Gerüchte über die Natur dieser glücklichen Spekulation. Das eine sagte, daß der alte Peter Gold mittels Alchymie erzeugt habe; ein anderes, daß er es mit Hilfe der schwarzen Kunst aus den Taschen der Leute hervorgezaubert habe; und ein drittes, welches noch unerklärlicher schien, daß der Teufel ihm einen Weg in die alte Schatzkammer der Provinz eröffnet habe. Es wurde indes versichert, das irgend ein geheimes Hindernis ihn an dem Genusse seiner Reichtümer verhindert und daß er einen geheimen Grund gehabt habe, sie vor seinen Erben zu verbergen, oder daß er wenigstens gestorben sei, ohne den Platz ihrer Aufbewahrung entdeckt zu haben. Peter selbst fühlte sich geneigt, die Sage als unbestreitbare Wahrheit anzunehmen, und hatte in seinem vielfachen Mißgeschicke wenigstens diesen einen Trost, daß er, sollten alle übrigen Quellen versiegt sein, seine Verhältnisse dadurch wieder aufrichten konnte, daß er sein Haus niederriß. Dennoch läßt es sich, sofern er nicht im Geheimen ein stilles Mißtrauen gegen diese goldene Sage hatte, kaum erklären, weshalb er das väterliche Dach solange stehen ließ, da es ihm noch nie in seinem eigenen Eisenkasten an Raum für den vorelterlichen Schatz gefehlt hatte. Allein jetzt trat die Krisis ein. Wenn er die Nachsuchung nur noch kurze Zeit länger verschob, so mußte das Haus aus den Händen der rechtmäßigen Erben gehen und mit ihm der Goldhaufen, um dann in seinem Verstecke so lange verborgen zu bleiben, bis er durch das Einfallen der alten Mauern den Fremden einer späteren Generation entdeckt werde.

»Ja!« rief Peter Goldthwaite abermals, »morgen will ich damit anfangen!«

Je länger er über den Gegenstand nachdachte, desto sicherer fühlte sich Peter des glücklichen Erfolges. Sein Geist war von Natur so elastisch, daß er sogar jetzt noch im welken Herbste seines Lebens mit der frühlingsalterlichen Heiterkeit Anderer wetteifern konnte. Belebt von diesen glänzenden Aussichten, begann er jetzt wie ein Kobold mit den sonderbarsten Verrenkungen seiner mageren Glieder und den wunderlichsten Grimassen seiner verhungerten Züge in der Küche umher zu springen. Ja, in dem Überströmen seiner Empfindungen ergriff er beide Hände Tabithas und tanzte mit der alten Dame solange umher, bis die Sonderbarkeit ihrer rheumatischen Bewegungen ihn in ein brüllendes Gelächter versetzten, welches aus allen den öden Zimmern und Kammern so laut widerhallte, als wenn Peter in einer jeden derselben gelacht hätte. Endlich sprang er in die Höhe, sodaß er beinahe in dem unter der Decke der Küche sich sammelnden Rauche verschwand, gelangte wohlbehalten wieder auf seine Füße und versuchte dann, seinen gewohnten Ernst wieder aufzunehmen.

»Morgen mit Sonnenaufgang,« wiederholte er, seine Lampe ergreifend, um zu Bett zu gehen, »will ich sehen, ob dieser Schatz in den Mauern der Dachstube versteckt liegt.«

»Und da unser Holz gerade alle ist, Herr Peter,« sagte Tabitha, noch keuchend von ihren gymnastischen Übungen, »so will ich, so schnell wie Ihr das Haus niederreißt, mit den Stücken Feuer anmachen.«

Glänzend waren Peter Goldthwaite's Träume in dieser Nacht! Einmal drehte er einen schweren Schlüssel in einer eisernen Türe, welche der Pforte eines Grabgewölbes nicht unähnlich war, aber bei ihrem Öffnen ein Gemach sehen ließ, das mit Goldtruhen so angefüllt war, wie ein Kornboden mit Getreidekörnern. Auch Becher, Tennen, Teller und Schüsseln von Gold und in getriebener Arbeit befanden sich dort, sowie Ketten und andere Juwelen von unendlichem Werte, aber alle befleckt von der feuchten Luft des Gewölbes; denn alle Schätze, die für die Menschen unwiderruflich verloren waren, gleichviel ob in der Erde vergraben oder in die See versenkt, hatte Peter Goldthwaite in dieser einen Schatzkammer gefunden. Ein anderes Mal war er zu dem alten Hause, arm wie immer zurückgekehrt, und an der Tür von der hageren Gestalt eines Mannes mit grauen Haaren empfangen worden, den er für sich selbst hätte halten können, wenn seine Kleider nicht von einem altmodischeren Schnitte gewesen wäre. Allein das Haus war, ohne sein früheres äußeres Aussehen zu verlieren, in einen Juwelenpalast verwandelt worden. Der Fußboden, die Wände und Decken waren von blank poliertem Silber, die Türen, Fenstereinfassungen, die Geländer und Stufen und Treppen von reinem Golde; und von Silber waren die Stühle mit goldenen Sitzen; und von Gold auf Silberfüßen stehend die hohen Kommoden und Schränke und von Silber die Bettstellen, mit von Gold gewebten Bettüchern und Betten von Silberstoff. Das Haus war augenscheinlich durch eine einzige Berührung verwandelt worden, denn es trug noch alle die Zeichen an sich, denen sich Peter erinnerte, nur jetzt in Gold und Silber, statt in Holz; und selbst die Anfangsbuchstaben seines Namens, die Peter als ein Knabe in den hölzernen Türpfeiler geschnitten hatte, waren eben so tief in der goldenen Säule zurück geblieben. Ein ganz glücklicher Mann würde Peter Goldthwaite gewesen sein, wenn nicht zugleich eine gewisse Augentäuschung damit verbunden gewesen wäre, vermöge deren, so oft er rückwärts blickte, das Haus sich von seiner glänzenden Pracht in das schmutzige Düster des gestrigen Tages zu verfinstern schien.

Peter stand frühzeitig auf, ergriff eine Axt, einen Hammer und eine Säge, die er an sein Bett gestellt hatte und begab sich ohne Säumen nach der Dachstube. Die war nur erst schwach beleuchtet von dem frostigen Schimmer eines Sonnenstrahls, der eben durch die runden Scheiben des Fensters zu dringen begann. Ein Moralist könnte überreichen Stoff für seine unpraktische, komtemplative Weisheit in einer Dachkammer finden. Dort finden sich die Sammlungen abgelegter Mode, veralteter Spielereien des Tages und alles dessen, was der einen Generation wertvoll gewesen ist, und wenn diese zu Grabe geht, in die Bodenkammer wandert, nicht, um dort sicherer aufbewahrt zu werden, sondern um aus dem Wege zu sein.

Peter fand Stöße von gelben, schimmeligen Rechnungsbüchern in Pergamentbänden, worin Gläubiger, die lange tot und begraben waren, die Namen von toten und eingescharrten Schuldnern mit einer Tinte geschrieben hatten, die jetzt so verblaßt war, daß ihre moosbewachsenen Grabsteine leserlicher erschienen. Er fand alte, von Motten zerfressene Kleider in Fetzen und Lumpen, sonst würde er sie angezogen haben. Hier war ein nacktes, rostiges Schwert, nicht eins, das Dienste geleistet hatte, sondern ein schmaler, französischer Staatsdegen, der seine Scheide nicht eher verlassen hatte, als bis er sie ganz verlor. Hier waren Stöcke von zwanzig verschiedenen Arten, aber keine mit goldenen Knöpfen, und Schuhschnallen von verschiedenem Muster und Material, aber weder silberne, noch mit Juwelen besetzte. Hier stand ein großer Kasten, der mit hochhackigen, spitzig zulaufenden Schuhen angefüllt war; hier ein Schrank, in welchem noch halb mit Medizin gefüllte Glasfläschchen standen, die, nachdem die andere Hälfte ihre Wirkung getan hatte, aus dem Sterbezimmer hierher gebracht worden waren. Hier, um kein längeres Inventar von Gegenständen zu geben, die sich in keiner Auktion verkaufen lassen, befand sich auch das Fragment eines Spiegels in ganzer Länge, welcher vermöge seiner trüben und staubigen Fläche das Abbild aller dieser Gegenstände noch älter erscheinen ließ, als sie wirklich waren. Als Peter, das Vorhandensein eines Spiegels nicht bemerkend, durch Zufall die dunklen Umrisse seiner eignen Figur darin gewahrte, bildete er sich beinahe ein, daß der frühere Peter Goldthwaite zurückgekehrt sei, um ihm bei seiner Nachsuchung nach dem verborgenen Schatze entweder behülflich oder hinderlich zu sein. Und in demselben Augenblicke glimmte noch ein anderer Gedanke in seinem Gehirne auf, daß er nämlich derselbe Peter sei, der das Gold verborgen habe und daher wissen müsse, wo es liege. Aber dies hatte er unerklärlicherweise vergessen.

»Nun, Herr Peter!« rief Tabitha auf der Treppe zur Dachkammer, »habt Ihr das Haus weit genug niedergerissen, um Feuer für Teewasser zu machen?«

»Noch nicht, Tabby,« antwortete Peter, »aber das soll bald geschehen sein wie Du sehen wirst.«

Mit diesen Worten noch auf der Lippe holte er die Axt, und hieb so kräftig um sich, daß der Staub umher flog, die Bretter krachten, und in weniger als einem Augenblicke hatte das alte Weib eine Schürze voll Schutt und Splitter.

»Wir werden unser Winterholz billig haben,« bemerkte Tabitha.

Nachdem das gute Werk auf diese Weise angefangen hatte, fuhr Peter von Morgen bis Abend fort, Alles vor sich nieder zu schmettern, Balken abzuhauen, Nägel auszuziehen und Bretter unter furchtbarem Gerassel auf- und abzureißen. Er trug aber zugleich Sorge, die äußere Schale des Hauses unberührt zu lassen, so daß die Nachbarn nicht ahnen konnten, was darin vorging.

Nie, in keiner seiner Grillen, obgleich jede ihn glücklich gemacht hatte, wenigstens solange sie währte, war Peter glücklicher gewesen als jetzt. Vielleicht war in seiner Geistesrichtung etwas vorhanden, was ihm eine innere Entschädigung für alle äußeren Uebel gewährte. Wenn er arm, schlecht gekleidet, selbst lumpig und wie es schien, in Gefahr war, vom drohendsten Ruine vernichtet zu werden, so blieb doch bloß sein Körper in diesen traurigen Verhältnissen, während sein aufstrebender Geist sich in dem Sonnenscheine einer glänzenden Zukunft weidete. Es war seiner Natur eigentümlich, stets jung zu sein und die Tendenz seiner Lebensweise, ihn so zu erhalten. Graue Haare waren nichts, nein, selbst nicht Falten und Gebrechlichkeit. Er konnte alt aussehen und vielleicht in einer etwas unangenehmen Verwandtschaft mit einer hageren, alten, abgenutzten Figur stehen; allein der wahre, wirkliche Peter war ein junger Mann, der voll von großen Hoffnungen gerade in die Welt trat. Beim Anzünden eines jeden neuen Feuers erhob sich seine ausgebrannte Jugend von Neuem aus Asche und Kohlen; sie erhob sich jetzt jubelnd. Nachdem er so lange nicht zu lange, sondern gerade bis zum rechten Alter, als ein gefühlvoller Junggesell, mit warmen, zärtlichen Träumen gelebt hatte, beschloß er, sobald das verborgene Gold ans Tageslicht gebracht sein werde, auf das Freien zu gehen und sich die Liebe des schönsten Mädchen der Stadt zu gewinnen. Welches Herz konnte ihm wiederstehen? Glücklicher Peter Goldthwaite!

Jeden Abend pflegte er jetzt mit Tabitha häuslich beim Küchenfeuer zu sitzen. Dies war stets hoch aufgehäuft vom Schutte und Abfalle der Tagesarbeit, und sandte mit hellem Scheine seine breite Flamme auf, so daß das Düster der alten Küche aus den mit Spinnweben gefüllten Ecken und den schwärzlichen Querbalken der Decke, Niemand wußte wohin, verjagt wurde, während Peter wie ein froher Mann, heiter lächelte, und Tabitha ein Bild behaglichen Alters zu sein schien. Alles dies natürlich war nur ein Sinnbild des großen Glückes, welches die Zerstörung des Hauses auf seine Bewohner ausgießen sollte.

Während das trockene Fichtenholz prasselte und loderte, saß Peter in einem Zustande angenehmer Aufregung starrend und horchend dabei; wenn dann auf den kurzen Schein und das Toben die dunkelrote Glut, die kräftigere Wärme und der tiefe singende Ton, welcher für den Rest des Abends anhielt, folgten, so begann er gesprächig zu werden. Eines Abends quälte er Tabitha zum hundertsten Male, ihm etwas von seinem Urgroßonkel zu erzählen.

»Du hast in jener Kaminecke fünfundfünfzig Jahre gesessen, alte Tabby, und mußt Manches von ihm gehört haben,« sagte Peter. »Hast Du mir nicht erzählt, daß damals eine alte Frau an derselben Stelle gesessen habe, wo Du jetzt sitzest, welche bei dem berühmten Peter Goldthwaite Haushälterin gewesen sei?«

»So war es, Herr Peter,« antwortete Tabitha; »und sie war beinahe hundert Jahre alt. Sie pflegte zu sagen, daß sie und der alte Peter Goldthwaite manchen traulichen Abend am Küchenfeuer zugebracht hatten, so ungefähr wie Ihr und ich jetzt, Herr Peter.«

»Der alte Bursche muß mir in mehr als einem Punkte ähnlich gewesen,« sagte Peter wohlgefällig, »sonst würde er nie so reich geworden sein. Aber ich sollte denken, er hätte sein Geld besser anlegen können, als er getan hat ... keine Zinsen! ... nur gute Sicherheit! ... und auch noch das Haus niederreißen müssen, ehe man daran kommen kann! Warum hat er es so geheim versteckt, Tabby?«

»Weil er es nicht ausgeben konnte,« sagte Tabitha; »denn so oft er die Kiste aufschließen wollte, kam der Böse von hinten und hielt seinen Arm. Es sollte, wie es hieß, aus seiner Börse geflossen sein und er verlangte, daß Peter ihm eine Verschreibung dieses Hauses und der Länderei geben solle, was Peter schwor, nimmer tun zu wollen!«

»Grade so wie ich John Brown, meinem alten Compagnon, geschworen habe,« bemerkte Peter. »Aber das ist alles dummes Zeug, Tabby! Ich glaube die Geschichte nicht.«

»Nun, es mag vielleicht nicht ganz wahr sein,« sagte Tabitha, »denn manche Leute sagen, daß Peter das Haus dem Bösen wirklich vermacht habe; und das dies der Grund sei, weshalb es Allen die darin gewohnt haben, immer so viel Unglück gebracht habe.

Und sobald Peter ihm die Verschreibung gegeben, sei die Kiste aufgeflogen, und Peter habe eine Hand voll Gold herausgenommen. Aber o weh!... in seiner Faust sei nichts, als ein Knäuel alter Lumpen gewesen!«

»Halt Deinen Mund, alberne, alte Tabby!« rief Peter in voller Wut. »Es waren so gute goldene Guineen, als je welche das Bildnis des Königs von England trugen. Es ist mir, als könnte ich mich des ganzen Hergangs entsinnen, wie ich oder der alte Peter, oder wer es war, meine Hand oder seine Hand hineinsteckte und wieder herauszog, voll von glänzendem Golde. Alte Lumpen, warum nicht gar!«

Und Peter Goldthwaite ließ sich von einem Altenweibermärchen nicht entmutigen. Die ganze Nacht hindurch schlief er unter süßen Träumen und erwachte am Morgen mit einem frohen Beben des Herzens, das Wenige glücklich genug sind, über die Jahre ihres Knabenalters hinaus zu empfinden. Tag für Tag arbeitete er hart, ohne einen Augenblick zu verlieren, ausgenommen bei den Mahlzeiten, wenn Tabitha ihm zu einem Stücke Schweinefleisch mit Kohl oder anderer Kost rief, wie sie sie gerade hatte aufbringen können oder die Vorsehung sie ihr gesandt hatte.

Da Peter ein wahrhaft frommer Mann war, so unterließ er nie, den Segen zu sprechen und zwar, wenn die Kost nicht gerade die beste war, um desto andächtiger, oder Dank zu sagen, wenn auch das Essen nicht hinreichend gewesen war, wenigstens für den guten Appetit, der mehr wert war, als ein kranker Magen bei einem Schmause. Dann eilte er zu seiner Arbeit zurück und war in einem Augenblicke in einer Wolke von Staub verloren, obgleich er dem Ohre durch das Getöse seiner Arbeit deutlich bemerkbar blieb. Wie beneidenswert ist das Bewußtsein, sich in einer nützlichen Beschäftigung zu befinden! Nichts beunruhigte Peter, nichts als jene Phantome des Geistes, welche dunkle Erinnerungen zu sein scheinen und doch zugleich Vorahnungen so ähnlich sind. Er hielt oft mit hoch in der Luft erhobener Axt inne und sagte zu sich selbst:

»Peter Goldthwaite, hast du nie diesen Schlag zuvor getan?« oder: »Peter, was nutzt es, das ganze Haus niederzureißen? Besinne dich ein wenig und du wirst dich erinnern, wo das Gold verborgen ist.« Tage, Wochen verflossen indeß, ohne daß eine erhebliche Entdeckung gemacht wurde. Nur eine magere, graue Ratte guckte zuweilen hervor auf den mageren, grauen Mann und wunderte sich, welcher Teufel in das alte Haus gefahren sei, das bisher immer so still und ruhig gewesen war. Oder manchmal fühlte Peter auch wohl Mitleid mit einer weiblichen Maus, die fünf bis sechs niedliche, sanfte und zarte Junge gerade in die Welt gesetzt hatte, um sie unter den Trümmern zerschmettert zu sehen. Aber noch kein Schatz zeigte sich!

Peter, entschlossen wie das Schicksal, und fleißig wie die Zeit, hatte nunmehr die oberen Regionen beendigt und war in das zweite Stockwerk hinab gestiegen, wo er in einem der Vorderzimmer geschäftig war. Es war früher das beste Gastzimmer gewesen und die Sage bezeichnete es ehrenvoll als das Zimmer, worin Gouverneur Dudley und viele andere ausgezeichnete Gäste geschlafen hatten. Die Möbel waren daraus gänzlich verschwunden. An den Wänden hingen Überreste verblichener, zerfetzter Tapeten; aber noch größere Stellen der Wand waren ganz hohl und mit Kohlezeichnungen, meistens von menschlichen Köpfen in Profil bedeckt. Es waren dies Proben von Peter's jugendlichem Genius und es wurde ihm deshalb schwerer, diese zu vernichten, als wenn es Malereien von Michel Angelo an einer Kirchenwand gewesen wären. Eine Skizze, und zwar die beste, berührt ihn jedoch auf entgegengesetzte Weise. Sie stellte einen zerlumpten Mann vor, der sich teilweise auf einen Spaten stützte und seinen abgemagerten Körper über eine Grube in der Erde hinab beugte, während er die eine Hand ausgestreckt hielt, wie um nach Etwas zu greifen, was er gefunden hatte. Aber dicht hinter ihm stand mit teuflischem Lachen in ihren Zügen eine Figur mit Hörnern, Schweif und Hufen.

»Fort, Satan!« schrie Peter. »Der Mann soll sein Gold haben!«

Sodann seine Axt aufhebend, versetzte er dem gehörnten Herrn einen solchen Hieb an den Kopf, daß nicht nur er, sondern auch der Schatzgräber dadurch total vernichtet wurde und die ganze Szene wie durch Zauberei verschwand. Überdies brach seine Axt durch Kalk und Lattenwerk der Wand und offenbarte in ihr eine Höhlung.

»Gott sei uns gnädig, Herr Peter, zankt Ihr Euch mit dem Bösen?« sagte Tabitha, die nach etwas Feuerholz für ihren Mittagstopf suchte.

Ohne dem alten Weibe zu antworten, brach Peter noch einen Teil der Wand nieder und öffnete dadurch vollständig einen kleinen Wandschrank, der sich ungefähr brusthoch vom Erdboden neben dem Kamin befand. Er enthielt nichts als eine messingene Lampe, die mit Grünspan überzogen war, und ein staubiges Stück Pergament. Während Peter das letztere untersuchte, ergriff Tabitha die Lampe und begann sie mit ihrer Schürze zu reiben.

»Das Reiben hilft nichts, Tabitha,« sagte Peter; »es ist nicht Aladdins Lampe, obgleich ich sie für ein eben so glückliches Zeichen halte. Sieh hier Tabby!«

Tabitha nahm das Pergament und hielt es dicht an ihre Nase, welche mit einer Brille von eiserner Einfassung bewaffnet war. Aber kaum hatte sie angefangen, dasselbe zu prüfen, als sie in ein heftiges Lachen ausbrach und beide Hände gegen ihre Seiten drückte.

»Ihr könnt das alte Weib nicht zur Närrin machen,« rief sie. »Es ist ja Eure eigene Handschrift, Herr Peter, dieselbe, wie ich sie in dem Briefe gelesen habe, den Ihr mir von Mexiko schicktet.«

»Hier ist allerdings eine große Ähnlichkeit vorhanden,« sagte Peter, das Pergament von neuem untersuchend; »allein Du weißt selbst Tabby, daß dieser Wandschrank zugemauert worden sein muß, ehe Du noch in dieses Haus kamst, oder ich in die Welt. Nein, dies ist des alten Peter Goldthwaites Handschrift, und diese Kolonnen mit Pfunden, Schillingen und Pencen sind seine Zahlen und bezeichnen die Beträge des Schatzes; und dies am Ende ist ohne Zweifel eine Bemerkung, die sich auf den Platz bezieht, wo der Schatz verborgen liegt, allein die Tinte ist so verblaßt, daß es unmöglich ist, sie zu lesen. Wie schade.«

»Nun, diese Lampe ist so gut wie neu; das ist wenigstens ein Trost,« sagte Tabitha.

»Eine Lampe!« dachte Peter. Das bedeutet Licht für meine Untersuchungen.

In diesem Augenblick schien Peter mehr geneigt, über die Entdeckung weiter nachzugrübeln, als seine Arbeit fortzusetzen. Nachdem Tabitha hinunter gegangen war, stand er brütend über dem Pergament an einem nach der Straße hinausgehenden Fenster, welches von Staub so geschwärzt war, daß die Sonne nur einen undeutlichen Schatten durch dasselbe auf den Fußboden des Zimmers werfen konnte. Peter öffnete es mühsam und schaute auf die Hauptstraße der Stadt hinaus, während die Sonne in sein altes Haus hinein schaute. Die frische Luft, obgleich mild und sogar warm, berührte Peter wie ein Guß kalten Wassers.

Es war der erste Tag des Tauwetters im Januar. Der Schnee lag tief auf den Dächern, aber löste sich schnell in Millionen Wassertropfen auf, welche mit dem Geräusche eines Sommerregens und im Sonnenscheine glänzend nieder fielen. Die Straße entlang war der festgetretene Schnee so hart und dauerhaft wie ein Marmorpflaster, und war trotz der frühlingsartigen Temperatur noch nicht feucht geworden. Allein als Peter seinen Kopf hinaussteckte, gewahrte er, daß die Einwohner, wenn nicht die ganze Stadt, durch diesen warmen Tag nach zwei bis drei Wochen Winterwetter bereits aufgetaut worden waren. Es gewährte ihm Freude, eine mit einem

Seufzer verwünschte Freude, den Strom von Damen zu sehen, welche auf den glatten Seitenwegen herab kamen und mit ihren roten Wangen, die durch Hauben, Boas und Pelzkragen noch mehr gehoben wurden, wie Rosen mit einer neuen Art von Blätternhauch aussahen. Die Glocken der Schlitten erklangen fort, während, indem sie bald die Ankunft eines Schlittens von Vermont mit gefrorenen Ferkeln oder Hammeln oder Wild beladen, ankündigten, bald die eines regelmäßigen Marktvorläufers mit Hühnern, Gänsen Puten und der ganzen Kolonie eines Farmhofes; und bald die eines Landmannes mit seiner Frau, die nach der Stadt gefahren waren, teils um einige Einkäufe in den Läden zu machen und teils um etwas Butter und Eier abzusetzen. Dieses Paar fuhr in einem altmodischen viereckigen Schlitten, der ihnen zwanzig Winter gedient und zwanzig Sommer hindurch in der Sonne neben ihrer Haustür gestanden hatte. Jetzt fuhren ein Herr und eine Dame in einem eleganten Schlitten, der einer Muschel ähnlich geformt war, über den Schnee leicht dahin; und nun erschien ein Staatsschlitten, dessen Tuchvorhänge zurückgeschlagen waren, um die Sonne hinein zu lassen, und flog pfeilschnell die Straße hinunter, allen Fuhrwerken, die sich ihm in den Weg stellten, leicht ausweichend.

Nie hatte Peter eine lebhaftere Szene gesehen. Der helle Sonnenschein, die glänzenden Wassertropfen, der strahlende Schnee, das heitere Volk, die Abwechslung der fliegenden Schlitten und der Schall der fröhlichen Glocken, die das Herz nach ihrer Musik tanzen ließen. Nichts Trübes und Unfreundliches war zu sehen, als das spitzige Altertumsstück, Peter Goldthwaites Haus, das von außen wohl traurig aussehen konnte, da eine so fürchterliche Verwüstung in seinen Eingeweiden vorging.

»Peter, wie geht es, Freund Peter?« rief eine Stimme über die Straße, während Peter seinen Kopf zurückzog. »Schaut heraus, Peter!«

Peter blickte hinaus und gewahrte seinen alten Compagnon, John Brown, der auf dem gegenüberliegenden Seitenwege stattlich gekleidet, in einem mit Pelz gefütterten Überrocke, welcher aufgeschlagen war und einen feinen anderen Rock darunter sehen ließ. Seine Stimme hatte die Aufmerksamkeit der ganzen Stadt auf Peter Goldthwaites Fenster und die in demselben sichtbare Vogelscheuche gerichtet. »Sagt mir, Peter,« rief Brown von neuem, »was zum Teufel treibt Ihr denn, daß ich jedesmal ein so furchtbares Gelärm und Gepolter höre, wenn ich an Eurem Hause vorbeigehe? Ihr bessert wohl das alte Haus aus, macht ein neues daraus ... he?«

»Ich fürchte, es ist zu spät dazu, Herr Brown,« erwiderte Peter. »Wenn ich es neu herstelle, so muß es inwendig und auswendig neu werden, vom Fundament an.«

»Wäre es nicht besser, Ihr überließet mir das Geschäft?« fragte Brown mit besonderer Bedeutung.

»Noch nicht!« antwortete Peter, das Fenster hastig schließend; denn seitdem er in seiner Nachsuchung nach dem Schatze begriffen war, mochte er es durchaus nicht leiden, von Leuten angesehen und beobachtet zu werden.

Während er sich vom Fenster zurückzog, seiner äußeren Armut sich schämend, aber stolz auf den innerhalb befindlichen geheimen Reichtum, schimmerte ein hochmütiges Lächeln auf seinem Gesicht, das sich gerade so ausnahm, wie die trüben Sonnenstrahlen in dem schmutzigen Zimmer. Er versuchte eine Miene anzunehmen, wie sein Vorfahr sie wahrscheinlich gezeigt hatte, als er des Ruhmes genoß, ein festes Haus als heimatliche Stätte für viele Generationen seiner Nachkommenschaft gebaut zu haben. Allein das Zimmer erschien seinen vom Schnee geblendeten Augen entsetzlich finster und in einem düstern Gegensatze mit der frohen und lebendigen Szene, auf die er soeben geschaut hatte. Der kurze Blick, den er auf die Straße getan hatte, hatte ihm eine eindringliche Vorstellung von der Art und Weise gegeben, in welcher die Welt ihre Heiterkeit nährt und ihr Gedeihen fördert, nämlich durch gesellige Vergnügungen und einem lebendigen Geschäftsverkehr, während er in seiner Abgeschiedenheit ein Ziel verfolgte, welches möglicherweise ein Trugbild sein konnte und auf einem Wege, den die meisten für Wahnsinn erklären würden.

Es ist ein großer Vorteil einer sozialen Lebensweise, daß ein Jeder seinen eigenen Geist nach dem Anderer reguliert und sein Betragen nach dem seiner Nachbarn bildet, sodaß er sich selten in Exzentrizität verliert. Peter Goldthwaite hatte diesen Einfluß in dem Augenblicke empfunden, als er zum Fenster hinaussah. Einige Zeit war er zweifelhaft, ob überhaupt ein verborgener Goldkasten vorhanden sei, und wenn nicht, ob es wirklich so sehr weise gehandelt sei, das ganze Haus niederzureißen, nur um sich von seiner Nicht-Existenz zu überzeugen.

Allein diese Zweifel waren nur vorübergehend. Peter, der Zerstörer, fuhr mit seinem Werke fort, welches das Schicksal ihm übertragen hatte und hielt eher wieder an, als bis es vollendet war. Im Laufe seiner Nachsuchungen stieß er auf viele Gegenstände, welche gewöhnlich unter den Ruinen eines alten Hauses gefunden werden, und auch auf andere, welche nicht besonders wichtig, schien ihm ein rostiger Schlüssel zu sein, den er in einer Mauerspalte fand, mit einem hölzernen Angehänge, welches die Anfangsbuchstaben P. G. trug. Eine andere seltsame Entdeckung war die einer Flasche Wein, welche in einem alten Ofen gefunden wurde. Es herrschte die Sage in der Familie, daß Peters Großvater, welcher ein lustiger Offizier im alten französischen Kriege gewesen war, manches Dutzend kostbarer Flaschen für dann noch ungeborene Trinkbrüder bei Seite gesetzt und versteckt habe. Peter bedurfte keiner Herzstärkung durch geistige Getränke, um seine Hoffnungen aufrecht zu erhalten und bewahrte deshalb den Wein auf, um seinen Erfolg damit zu feiern. So mancher Penny wurde gefunden, der durch die Ritzen des Fußbodens gefallen war, und einige spanische Münzen und ein halb durchbrochener Einpence, der wahrscheinlich als ein Liebeszeichen gedient hatte. Auch eine silberne Krönungsmedaille Georg des Dritten wurde gefunden; aber des alten Peter Goldthwaite's Goldkasse floh von einer Ecke in die andere oder entging dem Griffe des zweiten Peter auf andere Weise, bis dieser endlich, wenn er noch länger suchen wollte, in die Erde graben mußte.

Wir wollen ihm in seinem triumphreichen Fortschritte nicht Schritt für Schritt folgen; genüge es zu sagen, daß Peter wie eine Dampfmaschine arbeitete und in einem Winter das Werk vollendete, was alle früheren Bewohner des Hauses mit Hilfe der Zeit und der Elemente in einem Jahrhundert nur zur Hälfte vollbracht hatten. Mit Ausnahme der Küche war jedes Zimmer und jede Kammer ausgeweidet. Das Haus war nichts mehr als eine Schale, der Schrein eines Hauses   so unwirklich wie die gemalten Gebäude eines Theaters. Es war gerade wie die Rinde eines großen Käses, worin eine Maus so lange gehaust und genagt hatte, bis es kein Käse mehr war. Und Peter war die Maus.

Was Peter niedergerissen hatte, war von Tabitha verbrannt worden, denn sie machte den sehr weisen Schluß, daß sie ohne Haus auch kein Holz gebrauchten, um es zu wärmen und Sparsamkeit Unsinn sei. Auf diese Weise war das ganze Haus, wie man sagen konnte, in Rauch aufgegangen und war durch den großen, schwarzen Rauchfang der Küche geflogen. Es war ein merkwürdiges Seitenstück zu der Tat eines Mannes, der in seine eigene Kehle hinabgesprungen war.

In der Nacht zwischen dem letzten Winter- und dem ersten Frühlingstage war bereits jede Spalte und Mauerritze des Hauses durchsucht worden, ausgenommen im Bereiche der Küche. Dieser Schicksalsabend war ein sehr unfreundlicher. Ein heftiger Schneefall war seit mehreren Stunden eingetreten und wurde durch einen wahren Orkan in der Atmosphäre umhergetrieben, der gegen das Haus anstürmte, als wenn der Fürst der Lüfte in eigener Person den Schluß zu Peters bisheriger Arbeit liefern wollte. Da die äußeren Mauern durch den Wegfall der inneren Stützen so sehr geschwächt worden waren, so würde es kein Wunder gewesen sein, wenn bei einer noch etwas heftigeren Gewalt des Sturmes die morschen Mauern mit ihren spitzigen Giebeln über dem Kopfe des Eigentümers zusammengestürzt wären. Er kümmerte sich jedoch nicht um die Gefahr, sondern war so wild und ruhelos, wie die Nacht selbst, oder wie die Flamme, die bei jedem Stoße des Sturmwindes in den Schornstein empor schoß.

»Den Wein, Tabitha!« rief er. »Meines Großvaters kräftigen, alten Wein! Wir wollen ihn jetzt trinken!«

Tabitha stand von ihrer von Rauch geschwärzten Bank in der Ecke des Kamins auf und stellte die Flasche vor Peter hin, dicht neben die alte Messinglampe, welche gleichfalls ein Preis seiner Nachsuchungen gewesen war. Peter hielt sie vor seine Augen, und indem er durch die durchsichtige Flüssigkeit schaute, erschien ihm die ganze Küche wie von einer goldenen Glorie illuminiert, welche selbst Tabitha umschloß und ihr Silberhaar vergoldete und ihre ärmlichen Kleidungsstücke in Gewänder von königlichem Glänze verwandelte. Es erinnerte ihn an seine goldenen Träume.

»Herr Peter,« bemerkte Tabitha, »muß der Wein getrunken werden, ehe das Geld gefunden ist?«

»Das Geld ist gefunden!« rief Peter mit einer Art Wildheit. »Die Kiste ist in meinen Händen. Ich will nicht eher ruhen, als bis ich diesen Schlüssel in seinem verrosteten Schloß umgedreht habe. Aber vor allen Dingen, laß uns trinken.«

Da kein Korkzieher im Hause vorhanden war, so schlug er den Hals der Flasche mit Peter Goldthwaite's rostigem Schlüssel ab. Dann füllte er zwei kleine Teetassen, welche Tabitha zu diesem Zwecke vom Küchenschranke geholt hatte. So hell und klar war dieser alte Wein, daß er selbst in den Tassen durchsichtig war und die scharlachenen Blumenknospen auf dem Boden der Tasse noch deutlicher erscheinen ließ, als wenn kein Wein darin gewesen wäre. Sein kräftiger, schöner Geruch verbreitete sich durch die ganze Küche.

»Trink Tabitha!« rief Peter. »Segen auf den braven, alten Burschen, der für uns diesen kostbaren Wein zurück gesetzt hat! Und nun auf das Andenken Peter Goldthwaite's!«

»Und guten Grund haben wir, seiner zu gedenken,« bemerkte Tabitha, während sie trank.

Wie viele Jahre lang und durch wie manche Glücks- und Schicksalswechsel hatte diese Flasche ihre begeisternde Kraft aufbewahrt, um endlich von diesen beiden Genossen getrunken zu werden. Solange, bis sie sie beendigt haben, müssen wir uns anderswo hinwenden.

Es trug sich zu, daß John Brown sich in dieser stürmischen Nacht in seinem auf Stahlfedern gepolsterten Armstuhle und an der Glut seines Kohlenfeuers, welches sein schön eingerichtetes Wohnzimmer beleuchtete, nicht nach Wunsch befand. Er war von Natur ein gutherziger Mann, gütig und mitleidig, sobald das Unglück Anderer sein Herz durch die gepolsterte Weste seines eigenen Glücks erreichen konnte. Diesen Abend hatte er viel an seinen alten Compagnon, Peter Goldthwaite gedacht, an seine sonderbaren Pläne, sein fortwährendes Mißgeschick, die Armut seiner Wohnung und Peters dürre, hagere Erscheinung, als er mit ihm am Fenster gesprochen.

»Armer Mann!« dachte John Brown. »Armer, verrückter Peter Goldthwaite! Um unserer alten Bekanntschaft willen hätte ich doch dafür sorgen sollen, daß er in diesem harten Winter keine Not leide.«

Diese Empfindungen wurden so mächtig in ihm, daß er trotz des rauhen Wetters beschloß, Peter Goldthwaite augenblicklich zu besuchen. Die Gewalt, mit der er sich dazu getrieben fühlte, war wirklich sonderbar. Jedes Geheul des Sturmwindes schien ihm eine Mahnung zu sein oder würde ihm so geschienen haben, wenn Brown gewohnt gewesen wäre, das Echo seiner Phantasie im Winde zu hören. Höchlich erstaunt über ein so eifriges Wohlwollen, hüllte er sich in seinen Mantel, wickelte um Hals und Ohren Tücher und Shawle, und bot so verwahrt dem Sturmwinde Trotz. Allein die Gewalt der Lüfte war die stärkere im Kampfe. Brown passierte gerade mit Schwierigkeit die Ecke von Peter Goldthwaite's Hause, als der Orkan ihn aus dem Gleichgewichte brachte, und mit dem Gesichte zuerst in einen tiefen Schneehaufen warf und sodann seinen hervorstehendsten Teil unter neuen Schneewehen zu begraben suchte. Es schien wenig Hoffnung für seine frühere Wiederauferstehung als mit dem nächsten Tauwetter vorhanden zu sein. Gleichzeitig war ihm sein Hut entführt worden und wirbelte hoch in irgend einer unbekannten Region umher, von wo bis jetzt noch keine Nachrichten wieder herab gelangt sind.

Nichtsdestoweniger gelang es Brown, sich einen Weg durch das Schneegestöber zu bahnen und er arbeitete sich, mit bloßem Kopfe gegen den Sturm ankämpfend, bis an Peters Tür. Dort herrschte ein solches Knarren, Krachen und Rasseln des morschen, im Sturme wankenden Gebäudes, daß selbst das lauteste Klopfen den Inwohnenden nicht hörbar gewesen sein würde. Er trat deshalb ohne Umstände ein und suchte sich tappend den Weg nach der Küche.

Sein Eindringen selbst bis dahin blieb unbemerkt. Peter und Tabitha standen mit dem Rücken gegen die Tür, über eine große Kiste gebückt, welche sie, wie es schien, soeben aus einer Höhlung in der Wand, oder einem geheimen Wandschranke auf der linken Seite des Kamins hervorgezogen hatten. Beim Lichte der Lampe, welche das alte Weib in der Hand hielt, sah Brown, daß die Kiste mit eisernen Riegeln und Klammern versehen und durch einen eisernen Beschlag befestigt war, so daß sie als ein passendes Behältnis erschien, um den Reichtum eines Jahrhunderts für das Bedürfnis eines späteren darin aufzubewahren. Peter Goldthwaite war im Begriffe, einen Schlüssel in das Schloß zu stecken.

»O, Tabitha!« rief er mit bebendem Entzücken, »wie soll ich den Glanz ertragen? Das Gold, das glänzende, glänzende Gold! Mir ist's, als könnte ich mich meines letzten Blickes erinnern, den ich darauf warf, kurz ehe der eisenbeschlagene Deckel niederfiel. Und seit dieser ewig langen Zeit, seit siebenzig Jahren, hat es nur im Dunkeln gestrahlt und seinen Glanz für diesen glorreichen Moment aufbewahrt! Es wird uns blenden, wie die Mittagssonne!«

»Dann beschattet Eure Augen, Herr Peter!« sagte Tabitha, etwas ungeduldiger als gewöhnlich. »Aber um's Himmels willen, dreht den Schlüssel!«

Und mit gewaltiger Anstrengung beider Hände zwängte er den rostigen Schlüssel durch die Hemmnisse des rostigen Schlosses. Herr Brown hatte sich inzwischen genähert und steckte gerade in dem Augenblicke, wo Peter den Deckel aufhob, sein Gesicht neugierig zwischen die Köpfe der beiden Andern. Kein plötzlicher Glanz erleuchtete die Küche.

»Was ist drin?« rief Tabitha, ihre Brille zurecht rückend und die Lampe über die offene Kiste haltend. »Peter Goldthwait's alter Lumpenschatz.«

»Ganz richtig, Tabby,« sagte Brown, eine Handvoll von dem Schatze aufhebend.

O, welchen Geist eines toten und begrabenen Reichtums hatte Peter Goldthwaite heraufbeschworen, um sein bischen Verstand ganz daran zu verlieren! Hier lag der Schein einer ungeheuren Summe, groß genug um die ganze Stadt zu kaufen und neu zu bauen, für die aber, so unermeßlich sie auch war, kein vernünftiger Mensch einen guten Sixpence geben würde. Worin bestanden denn nun, ernstlich gesprochen, die trügerischen Schätze der Kiste? Es waren alte Provinzial-Kreditscheine, und Tresorscheine und Grund-Banknoten, und andere dergleichen wertlose Lumpen in verschiedenen Daten von ihrer ersten Ausstellung, vor ungefähr hundertundfünfzig Jahren bis zur Zeit der Revolution. Noten von tausend Pfund waren mit Papierpencen vermischt, und nicht mehr Wert, als diese.

»Und dies ist also des alten Peter Goldthwaites Schatz?« sagte John Brown. »Euer Namensvetter, Peter, war Euch nicht ähnlich. Als die Provinzialpapiere um fünfzig bis siebenzig Prozent gefallen waren, kaufte er sie auf, in Erwartung, daß sie wieder steigen würden. Ich habe meinen Großvater sagen hören, daß der alte Peter Goldthwaite seinem Vater eben dieses Haus nebst Länderei verpfändete, um Geld zu diesem törichten Unternehmen zu bekommen. Allein das Papiergeld fiel immer mehr und mehr, bis es endlich niemand mehr geschenkt nehmen wollte, und da war Peter Goldthwaite der Erste wie der Zweite , mit Tausenden in seinen Geldkasten und kaum einem Rocke auf dem Leibe. Aber dies ist gerade die passende Art von Kapital von Luftschlösser.«

»Das Haus bricht über uns zusammen,« schrie Tabitha, als der Wind mit erhöhter Heftigkeit dagegen stürmte.

»Laß es brechen!« sagte Peter sich mit untergeschlagenen Armen auf die Kiste setzend.

»Nein, nein, mein alter Freund Peter,« sagte John Brown. »Ich habe Platz genug in meinem Hause für Euch und Tabby, und ein sicheres Gewölbe für den Schatzkasten. Morgen wollen wir sehen, ob wir in unserm Handel über das alte Haus einig werden können. Grundbesitz hat seinen Wert, und ich könnte Euch einen guten Preis dafür bieten.«

»Und ich,« erwiderte Peter Goldthwaite mit neu erwachenden Lebensgeistern, »habe einen Plan, das Geld recht vorteilhaft anzulegen.«

»Was das betrifft,« murmelte John Brown für sich, »so müssen wir uns wohl an das nächste Gericht wegen eines Vormundes wenden, und wenn Peter durchaus fortspekulieren will, so mag er es mit Gefallen mit des alten Peter Goldthwaites Schatze tun.«

Über tradition

Eigenes Buch veröffentlichen

tradition wurde 2006 in Hamburg gegründet und hat seither mehrere tausend Buchtitel veröffentlicht. Autoren veröffentlichen in wenigen leichten Schritten gedruckte Bücher, e-Books und audio-Books. tradition hat das Ziel, die beste und fairste Veröffentlichungsmöglichkeit für Autoren zu bieten.

tradition wurde mit der Erkenntnis gegründet, dass nur etwa jedes 200. bei Verlagen eingereichte Manuskript veröffentlicht wird. Dabei hat jedes Buch seinen Markt, also seine Leser. tradition sorgt dafür, dass für jedes Buch die Leserschaft auch erreicht wird.

Im einzigartigen Literatur-Netzwerk von tradition bieten zahlreiche Literatur-Partner (das sind Lektoren, Übersetzer, Hörbuchsprecher und Illustratoren) ihre Dienstleistung an, um Manuskripte zu verbessern oder die Vielfalt zu erhöhen. Autoren vereinbaren direkt mit den Literatur-Partnern die Konditionen ihrer Zusammenarbeit und partizipieren gemeinsam am Erfolg des Buches.

Das gesamte Verlagsprogramm von tradition ist bei allen stationären Buchhandlungen und Online-Buchhändlern wie z. B. Amazon erhältlich. e-Books stehen bei den führenden Online-Portalen (z. B. iBookstore von Apple oder Kindle von Amazon) zum Verkauf.

Einfach leicht ein Buch veröffentlichen: **www.tradition.de**

Eigene Buchreihe oder eigenen Verlag gründen

Seit 2009 bietet tredition sein Verlagskonzept auch als sogenanntes "White-Label" an. Das bedeutet, dass andere Unternehmen, Institutionen und Personen risikofrei und unkompliziert selbst zum Herausgeber von Büchern und Buchreihen unter eigener Marke werden können. tredition übernimmt dabei das komplette Herstellungs- und Distributionsrisiko.

Zahlreiche Zeitschriften-, Zeitungs- und Buchverlage, Universitäten, Forschungseinrichtungen u.v.m. nutzen diese Dienstleistung von tredition, um unter eigener Marke ohne Risiko Bücher zu verlegen.

Alle Informationen im Internet: **www.tredition.de/fuer-verlage**

tredition wurde mit mehreren Innovationspreisen ausgezeichnet, u. a. mit dem Webfuture Award und dem Innovationspreis der Buch Digitale.

tredition ist Mitglied im Börsenverein des Deutschen Buchhandels.

Dieses Werk elektronisch lesen

Dieses Werk ist Teil der Gutenberg-DE Edition DVD. Diese enthält das komplette Archiv des Projekt Gutenberg-DE. Die DVD ist im Internet erhältlich auf **http://gutenbergshop.abc.de**

Zeitfracht Medien GmbH
Ferdinand-Jühlke-Straße 7
99095 Erfurt, Deutschland
produktsicherheit@kolibri360.de